手心上的未来

欧林 / 著

南方日报出版社
NANFANG DAILY PRESS
中国·广州

图书在版编目（CIP）数据

手心上的未来/欧林著. — 广州 ：南方日报出版社，2012.12
ISBN 978-7-5491-0735-3

Ⅰ. ①手… Ⅱ. ①欧… Ⅲ. ①科学幻想小说－中－当代 Ⅳ. ①I247.5

中国版本图书馆 CIP 数据核字(2012)第 300749 号

SHOUXIN SHANG DE WEILAI

手心上的未来 欧林 著

出版发行：南方日报出版社
地　　址：广州市广州大道中 289 号
电　　话：（020）83000502
经　　销：全国新华书店
印　　刷：广州市怡升印刷有限公司
开　　本：889mm×1194mm 1/32
印　　张：7.5
字　　数：180 千字
版　　次：2013 年 1 月第 1 版
印　　次：2013 年 1 月第 1 次印刷
定　　价：25.00 元

投稿热线：（020）83000503 读者热线：（020）83000502

网址：http://www.nfdailypress.com/

目录

Contents

未来世界会是什么样子？未来的我又会变成怎样？也许有人会告诉我未来会很精彩，未来的我会很幸福。我觉得这些说法太笼统了，我想知道的是未来世界的具体景象，还有未来发生在我身上的具体事件。就像，就像尼古拉斯•凯奇“预见未来”那样具体。

——孩子，该醒醒了。你已经长大了，别再做白日梦了。

——我这不是醒着嘛。不，这不是白日梦。

——听着，孩子，那些预测未来的说法全都是骗人的，没人能预测未来。如果未来能被预测，那我们现在做的那么多努力就全都没有意义了。看，亲爱的，我们不都在为未来努力着吗，其实我们都不相信既定的未来，我们都在努力让自己更好。

——不，我不是这个意思。我听说有一门学科叫“气体分子动力学”，它认为我们无法估计气体中每个分子的运动路径，但我们却能计算出整体是膨胀还是收缩。我的意思是：如果可以把整个人类社会看作是一团气体，那么我们每个人就是一个分子，虽然个人的命运无法预测，但如果人口数量足够多时，历史方向不就可以预测了吗？而我们是否就可以从中把握住许多机会呢？

其实我们都想知道未来会发生什么，好让自己做好准备抓住机会，避开劫难。可惜在我毕业进入社会那个重要的转折里，我没有预测到我的职业。我不知道这是机会还是历练，或者是别的什么。但我会理清楚它的！

第一章　离开校园的日子

一、分岔路口的风景

我叫杰洛士，一个刚走出大学校门的毕业生。

毕业会让一个人感触良多。仿佛时光飞逝，一转眼，我们就来到了这人生的分岔路口，刚入学时的情景就像还停留在昨天。

记得大一时我看着这全新的世界感觉好新奇好开阔；大二时宅在宿舍沉迷游戏，偶尔参加一些活动；专业课的学习让我忙碌了整个大三。然后似乎是自己悟出了一些道理，在那个暑假结束后我回到学校，看见宿舍楼下当初青涩的树苗已长出茂盛的枝叶时，我才发现，该为自己的未来做些打算了。我花掉最后一年的时间去为以后可能会走的路做准备：考研、考公务员、接二连三的面试，还有实习。

可当大学生活结束，新的征程即将开启时，我却不知所措。似乎还没为下一个旅程做好准备，我们就已经坐在散伙饭的筵席里。菜满满地摆了一桌，我们都吃得很少，却喝了很多。我们相互敬酒，感谢彼此四年的陪伴，然后不知道是谁说了些莫名其妙的话，触动了所有人的神经，我们竟都忍不住哭得稀里哗啦。我和室友们抱在一起，相互祝福，因这一别不知道何时才能再相聚。我翻江倒海地吐了一晚，醉醺醺地坐在宿舍的楼道里，拨通她的电话，我迷迷糊糊地说了许多，有回忆，有感谢，有那三个字。

一觉醒来已是早上9点。我帮室友收拾行李，帮他把所有的物品搬上车，当最终挥手道别时，我忍不住又哭了出来。其实不是我没准备好继续前行，而是因为我还没走出这美好的回忆。

但不管你是否愿意，时间不会停止。在这分岔路口前是我们期待已久的未来，是我们用20年寒窗苦读铺成的康庄大道。时间真是件奇妙的东西。那些年少时憧憬和梦想的未来而今全都变成了现在。是时候做出实际行动了！

学习与工作是分岔路口前后两道截然不同的风景。找工作不是一件难事，但你不能要求太高。前辈教导我们不能急于求成，不能总想着一步登天，而要学会循序渐进，步步为营，如此方显稳重本色。

我们参加各种上岗前的培训、学习，结合学校里学的理论，思考如何在工作中得到运用。

工作与学习差别真的很大。工作的自由度骤减，一时间让人难以适应。在校时逃课也许是一节必修课，但现在你总不能想着要逃班。在校时你可以每天睡到自然醒，而现在有时候几乎没休息时间。在校时的活动让人眼花缭乱，而现在每天几乎都是同样的工作。我记得在校时对周末并没有太特别的概念，说实话，那时候只要你愿意，只要你能保证期末全过，并且没有太多追求，那么每周都可以是黄金周，而现在双休的周末是何等重要。

原来，岔道口前面的风景，并不像憧憬中的那么美丽。

二、幻世的邀请函

上班的时候，手机在衣袋里振动，我稍停下手头的工作，接通电话。

“你好——”

“你好，请问是杰洛士先生吗？”

“是的，我是。”

对方是幻世网络游戏公司。该公司开发了一种新型网络游戏，它能把玩家的意识直接接入一个独立的虚拟世界，可以理解为用思维直接控制游戏角色，给玩家绝对的真实感。为了让游戏测试顺利高效地完成，幻世准备邀请一些大型网游综合排名靠前的玩家，然后，他们找到了我。

我毫不犹豫地接受了邀请。

然后对方把具体的地址，以及客服电话发到了我的手机上：幻世邀请大型网游综合排名前50的玩家参与《幻世》网络游戏的封闭测试。封测时间是接下来连续三个星期的周末，地点是幻世公司总部，路费以及食宿全由幻世公司全额支付。

我把手机塞回衣袋，然后继续手头的工作，刚才那与工作完全无关的电话就像从没有发生过一样。

下午5：30，经理准时锁上他办公室的门，下班了。办公室里一阵骚动。我狠狠地伸了个懒腰，顺势靠在椅背上，阳光从西向的窗户照进来，洒落在办公室的一角。

“要订外卖的来我这儿报个名了！”坐在对面的小黄打破办公室蠢蠢欲动的安静。

“记我一个。”我说。然后，大部分同事都在小黄那儿报了名字。月底财务部的事情可是满满当当的。这么多人一起加班挺好的，至少有伴儿。

回到住处已是晚上9点。我把一天的工作稍微整理，做个简单的总结，然后再在心里安排下明天要完成的工作，写在小字条上备忘。洗完澡，就已经10：30了。

这也许就是一个毕业生初出社会的缩影，也许不是，谁知道呢。不过年轻人就应该更勤奋，多学习，多积累经验。要在这社会上有所成就，你必须努力进取。

突然想到今天上班时接到的那个电话，我打开手机，翻到那封游戏邀请信息。

游戏，一个与我渐行渐远的名词，如今让我沉溺于美好的回忆里，我想起曾经颓废的日子：久未打扫的宿舍，堆积如山的饭盒，还有与我擦肩而过的挂科。而今换来的竟是排名靠前的玩家！我突然感到一种莫名的安慰，是成就，还是荒废光阴的讽刺？现在看来更像是后者。

从前，我是那个风靡全球的《魔兽世界》里小有名气的玩家。我大二那年几乎都献给了它：每周5天的团队活动，开荒，副本……晚上7点准时上线，离线时间待定：早的话12点，晚的话，凌晨两三点，通宵是常事。因此，我一直认为这完美的游戏毁了我的人生，如果没有这网游，也许我现在就不会天天加班了。但我不后悔，如果上帝给我一次重来的机会，我依然会珍惜那些日夜颠倒的疯狂！

大学的一切，从毕业的那些话儿开始慢慢变质。我真切地意识到，在学校里自在地花着父母的钱将不再是自己的权利，我得找一份工作，学会养活自己，承担起对社会的一份责任。当这些东西拼凑起来成为我必须面对的未来时，我只感觉自己压力很大。因此，我渐渐远离了那些虚拟的网络世界。

现在，“网游”一词又闯进了我的生活。

打开电脑，在谷歌搜索页面键入关键字：幻世。一秒钟后，搜索结果被分页显示在屏幕上，《幻世》的官方网站排在第一位。

官网首页上闪烁着“幻世封测”四个大字，网页背景图是一幅蓝天白云的海景城市，渐变图案格外引人注意。页面上的滚动文字讲述了幻世公司的成立背景：一家专门机构，研发出世界上首台意识接入程式，实现了人类意识接入计算机并可以进行彼此交流的梦想。《幻世》网络游戏就是在这个基础上为接入者的意识交流创造一个虚拟的场景。

对方介绍说用思维控制角色进行游戏，这让我联想到《盗梦空间》的电影场景，虽然我不太清楚自己是不是被忽悠（盗梦空间？这不是在瞎扯淡！）。我返回搜索页面，看看有没有其他什么值得关注的内容。搜索页面显示的结果很多，但基本上都是同一条新闻，都用了“惊爆”、“横空出世”等词语。我核对了新闻网站，以及信息中的公司地址，确认无误。

既然这不是骗局，我倒是要看看这个黑客帝国式的虚拟世界会是什么样子的！

周末，我按照地址去到了幻世公司的游戏封测地点。跟网络流传的照片一样，幻世公司的门面气派得让人有些惊讶。豪华的装饰让其更像是星级宾馆，却很难联想到“游戏”这个名词。

“先生，请问有什么可以帮到您呢？”前台接待员热情地问我。

“贵公司邀请我来参加游戏封闭测试。”我出示手机上的预约信息。

“请跟我来。”

我跟随接待员走过宽敞的大堂，来到会议厅。“请您在这儿稍等，封闭测试的开幕会将在9点开始，我们的管理与技术团队会向您具体介绍游戏测试的原理、内容和操作方式等，在解说完毕之后，如果您决定参加我们的封测，我们将为您提供食宿，您现在的预约号就是您的房号。”

会议厅里已经有许多等候的人，零散地坐在会议厅里任意的座位上，他们应该就是前来参加这次封测的玩家。

9点，会议准时开始。我数了数到场的人数，50人，不多不少。

主持人走上讲台。

“尊敬的网游玩家，早上好，非常感谢各位能抽出宝贵的周末来参加我们幻世游戏公司最新推出的网络游戏《幻世》的封闭测试。”接着主持人大致介绍了幻世公司的背景，然后才揭开本次开幕会的主题，“下面，有请幻世公司游戏主管来为我们具体讲解幻世公司推出的虚拟世界游戏《幻世》。”

走上台的是个西装革履的中年男人。简单的自我介绍之后，他打开准备好的视频，结合各种经过处理的精美画面展示，直奔主题。他所介绍的主题与官网上的简介大致相同，但内容更加详尽。他详细讲述了《幻世》网络游戏的开发历史：这是一项多么高科技的工程，前后一共投入了数额多么惊人的金钱，集合了多少多么牛逼的科学家，花了多长的时间建立起来的世界上首款“意识接入式，梦境共享”程式。

“计算机通过接入，分析玩家的脑电波活动，为玩家的意识建造一个虚拟世界。对于这样的世界我们并不陌生，在很多年前的《黑客帝国》里，我们就已经被机器人囚困在这样的一个世界中，还有不久前的《盗梦空间》。经过十多年的不懈努力，我们最终把这个科幻电影中的经典搬下银幕，搬到我们这个真实的世界上，这会是人类最伟大的成就之一！”

看来这是真的，至少他的演讲和官网上的公告一致。我们不是被叫来对着电脑秀我们的微操，他们建造了一个虚拟世界，邀请我们来接入电脑，接入他们创造的世界，我联想到一支粗黑的棒子从后脑刺入大脑深处。

“虚拟世界的工作原理相当复杂，但不会影响我们对它的理解，简单地说，我们通过一个特制的头盔来实现接入。头盔内部拥有许多触点，触点会与接入者的头部表层神经接触，收集接入者的脑电波并转换为数据，传送到虚拟空间，再通过虚拟空间数据重塑程式还原接入者的形象。事实上，我们只需要躺在接入台上，把这个特制的头盔戴上，然后按下启动按钮，你就进入了意识虚拟世界——琉璃海岸城——一个我们描绘出来的城市！”

详细的介绍之后，会议进入了互动问答环节。到场的玩家可以对游戏以及幻世公司提出任何疑问。游戏开发团队会一一予以解答。

问：“外界传幻世是个像《黑客帝国》里那样的虚拟世界，那会是怎样一种情况？我们是否会被囚禁在里面？”

答：“这个请你们一定放心，幻世里没有会闪避子弹的救世主，也没有要毁灭世界的电脑人。《黑客帝国》只不过是一部电影。幻世，会是个蓝天白云的海岸城市，玩家只是在意识层面上接入，你在接入时甚至还是清醒的。”

问：“幻世里是否存在盗梦的危险？这是否会侵害我们的隐私？”

答：“许多科学家依然徒劳地探索盗取别人梦境的方法，但理论与事实都证明这是不可行的，个人的意识有它无法破解的自我保护功能。”

…………

玩家们提出各种不同的问题，尽管有些重复，但台上的管理团队还是给出了让人满意的回答。

“通过以上的介绍和交流，我想各位已经了解《幻世》这款网络游戏，在座的各位都是网络游戏的高手，我们邀请各位来参加《幻世》的封测就是为了让幻世更好地发展，现在是您决定是否参加我们的封测的时刻。如果您觉得这款游戏并不适合自己，您可以在午餐之后离开，我们感谢您的到来；如果您决定参加我们的封测，那么在接下来的两天周末，我们将很荣幸与您一起度过，同时我们将为您提供五星级的食宿。”

我觉得，我大老远地跑来，听一个类似宣讲会的会议，然后因为害怕自己的梦被别人盗取就拍拍屁股离开，这简直是一种耻辱。

没人起身离开，也许他们的想法与我一样，于是50名玩家都留下来继续参加这次《幻世》的封测盛会。

三、梦想之城

每个人心中都有一个梦想中的美好城市。在我的构思中，它涵盖了发达科技与顺畅交通勾画的智能家居，绿树鸟语和安逸恬静编织的轻松生活；它分工明确秩序井然，友好和理解、宽容与尊重洋溢整个城邦；它承载着我们关于生活的最美好的憧憬与愿望!

这是《幻世》的第一次封闭测试。

我们来到幻世的游戏大厅。这里整齐地摆放着数百台接入器,它们就是玩家接入虚拟世界的平台。接入平台的一端有一个看上去厚重结实的合金头盔,上面伸出许多连接线路。玩家只要平躺在这平台上,然后戴上头盔,就能进入虚拟世界了。我们的第一个测试内容就是把自己接入虚拟世界!

这是第一次群体接入测试,为了让测试工作顺利进行,幻世为每位玩家安排了一名技术人员作为游戏的观察员,游戏过程中我们要与自己的观察员保持通信,及时把遇到的问题反馈给观察员。

我对号入座,找到自己的接入器。平台上有个联络器,联络荧屏里一位身着褐色工作服的女士正在忙碌着,她戴着深厚的眼镜,还有盘起的头发。她就是我这次封闭测试的观察员。

“你好,杰洛士先生,我叫琉璃。很高兴作为你的观察员与你一同参加《幻世》的游戏封闭测试!”

琉璃,挺好听的名字,如果她真叫琉璃的话。

“你是《魔兽世界》玩家,游戏年龄12年,曾经是工会会长,有三套极品装备。真了不起!”

“那些都是很久之前的事情了。”

“你该为这些数据骄傲。”她收回了文件,“合作愉快!”

我平躺在平台上,工作人员把一些复杂的线贴在我手腕和前胸。他们要为我测算一些数据。冰凉的线路紧贴在我的皮肤上，仿佛我就是一块供机器运作的电池，这些接线会把我身上所有的能量吸干。

“第一次封闭测试马上就要开始了，请您在接入游戏时尽力放松。我们会为您记录您在游戏中的各种状态和数据。如果您在游戏里感觉有任何不对劲的地方，请务必告诉我们。”

我看着贴在我手腕上的线路：“这看起来不像什么封测，更像是个危险的身体实验。”

“你不是第一个吃螃蟹的人，接入技术已经相当完美，你没必要如此担心。这样做只是为了确保安全，因为这是第一次群体接入，就像50个人分享同一个梦境。”

“你是盗梦者？”我问。她笑了，然后我也笑了。可在微笑的背后，我竟真的对这个叫琉璃的女人感到畏惧，难道她真的能读取我的梦？焦虑中我竟记起曾经做过的愚蠢丑陋的行为，然后我拼命不去想，拼命假装那些事情从未发生。

“那么你也是个游戏玩家吧。”我说。

“是的，为了更好地了解游戏。”

“女孩子不该沉迷游戏。”

“那么，沉迷游戏是男人的权利？”

“它会毁掉你的所有。”

“看来它已经毁掉你的全部了。”

“或许吧，所以……”

“所以，我该做个……安分守己的贤妻良母什么的？”

“那应该是大部分人的选择。”

“游戏是把双刃剑，看你怎么看待它。”她看了看表，“时间到了，准备进入游戏。”

我微微抬起头看看其他接入器上的玩家，他们都已经戴上头盔，平稳地躺在接入台上。

“会是怎样的感觉？”我问。

“是梦的开始！”

接入系统启动，头盔上的蔽光屏慢慢下拉，遮住了光线。3秒钟后，我的眼前一片漆黑，然后头盔里的一些触点慢慢触及我的头皮，接着触点固定。

“放松些，接下来你将会进入角色选择区。”这是我听到琉璃的最后的声音。然后，伴随着不知道从哪来的系统声音：接入倒数5，4，3，2，1……

灯光骤然变暗，机器的振动戛然而止，背靠的台瞬间消失，我的双手条件反射式地寻找依靠，我竟没有感觉到往下掉的重力加速度！黑暗在加深，看不见任何东西，我有些发蒙，感觉身体仿佛飘浮在空中。这是什么地方？混沌之海？世界的源头？还是奥林匹斯诸神的归宿？

没有一丝杂质的漆黑。

黑色的背景下，我看见，面前展开一排橱窗。

“杰洛士，能听见吗？”是琉璃的声音。

“我听见了。”我立马回复她，“这是什么地方？”

“你现在已经进入了游戏角色选择区。”

我看见前方有一排奇怪的空荡荡的橱窗；“那些橱窗都是空的。”

“你得走过去才能看见。”

“走？”我这才发现，我竟看不见自己！

“这是怎么回事！”我惯性地抬起双手，做些简单的动作，并没发现有什么异样。我第一个念头是：灵魂出窍！我已摆脱肉体的束缚，自由翱翔在黑暗之中。

“这是一个感觉层面上的‘你’，所以你无法看见自己。你可以理解成这就是你的灵魂。”

原来这就是灵魂！我突然感觉到一种空无一物的恐惧。是否这就是一种彻底的解脱？原来人在得到一直追求的彻底的自由之后，竟然会害怕自由。

“你们应该把我的轮廓变成半透明状态，至少给我看见自己的轮廓。现在这个样子很不适应。”

“好的，我会把你的意见收集起来。现在你可以去选择角色。”

我“走”向橱窗，然后发现里面站着一个穿着与我完全一样的3D人物。下一刻，我发现那分明就是我自己，Q版的自己！

我看着橱窗里的角色，实在忍不住发笑。

“由于是测试版本，游戏角色外形是已经被设定好的，没有提供更多的外形选择。我们正在修改人物角色模拟程式，我相信下一次测试的时候便可以完成人物角色的细化效果。”

我走近那个Q版的“我”，然后慢慢地走进这个角色，就像灵魂融入肉体一样。当我与角色体重合在一起时，我顺势抬起手，那个Q版的手臂就这样被我抬起来了，没有一点儿不协调。然后我变成了Q版的自己，然后我看到了自己，这真是难以置信！

我点击橱窗前“进入游戏”的按钮，橱窗的轮廓慢慢暗淡，四周变回纯粹的漆黑。在下一个瞬间，柔和的光从四周涌入，就像海水灌入不识水性者的咽喉，让人难以呼吸。当光线把整个空间都占据，出现在我面前的，是一片银白色的沙滩和蔚蓝色的大海！

“欢迎来到琉璃城，您现在的位置是：琉璃海岸。”

抬起头，灿烂的阳光倾洒下来，我微微眯上双眼，让自己适应这里的光度。这是哪儿？塞舌尔群岛上碧绿的浅水海湾，还是塔希提岛上蜿蜒的礁湖？有人说海边的沙滩是最容易感悟世界的地方，翻滚的海浪生生不息地扑向大地，远远而来又再次离去。

“这……这就是……”

“这就是虚拟世界！”琉璃接过了我的声音，“欢迎来到琉璃海岸！”

我看着脚下一直伸向远方的沙滩，还有一望无际的大海。我的天！这景象和刚才的测试房间的差别也太大了吧！我小心抬起脚，银白的沙子从鞋子上滑下，竟是如此的真实！

“那么，琉璃，琉璃海岸！”我说。

"嗯，这是我设计的琉璃城。"她的话音里包含着无比的兴奋，"欢迎你的到来！"

"原来天堂也叫琉璃！"

"谢谢你的夸奖！这是我梦想中的城市。我把它设计成了这个虚拟世界。"

原来这里的上帝也叫琉璃！

我的测试任务是在海滩上进行各种针对海滩的环境测试，以及角色对环境变化的反应。

"嘿，有人来了！"琉璃告诉我。我沿海边银白沙滩望去，远处一个人向这边慢慢走来。

"他是？"

"另一个测试者，名叫柯特。以前是《星际家园》的玩家。"

柯特，一个带着浓重中东气息的名字，很容易就被人记住。我向他招手，他亦挥手向我示意。"我能跑过去吧？"

"当然，你可以先尝试小跑。我们会为你记录下你的心跳频率和血压等状况。"

"好的，"我开始慢跑，"我在这跑步，会影响到我真实的身体？"

"理论上是的，内测结果跟理论吻合，现在是封测的第一步，我们需要了解所有测试者的机体反应。"

"这么说，我现在是在控制着我的灵魂！"

"你的灵魂已经附着在一个三维立体角色的躯体上了！"

迎面走来的是一个长着络腮胡，面孔粗糙的大个子玩家。他身穿一件完全没有柔软度可言的长袖衬衫，领口打着几个闪亮的字：星际家园。

“你好，我叫柯特，《星际家园》玩家。”

“杰洛士，WOW玩家。”我们热切地握手，但我却觉得出奇地不自然。他动作生硬，肤色不匀称，甚至脸型也不太协调，尤其是当我看他的眼神时，我真的很想发笑。他是《星际家园》的玩家？不，他看起来更像是兽人！

“恭喜两位玩家首次在虚拟世界里顺利进行交互！”琉璃说，“导航系统上可以选择各种聊天频道，有联系观察员、好友私聊、队伍聊天、家族聊天以及世界频道。另外在私聊下的扩展面板还可以搜索附近的玩家。”

我试着打开扩展面板搜索，附近就只有我们俩人：“其他人呢，不是有50个玩家吗？”

“他们在这个虚拟城市的其他功能区，包括市中心的商业区、街道、游乐场、城市外围的河流和农田，还有北方山林。”

“看来这城市很大。”我们转头望向海滩的反方向。阳光下，蜿蜒的公路对面，高楼林立。

“沿海大道对面就是我们模拟真实的城市场景描绘出来的虚拟城市——琉璃城，城里的布局和现实一样复杂，我们需要进行大量的测试。”

我和柯特在沙滩上行走，湛蓝的海面闪烁着奇妙的粼光。

“这里美得就像天堂。我曾经见过如此美丽的海岸，在以前的游戏里。”柯特说，“我记得是因为做任务才去了那儿，我一直不知道游戏里会有这样一块地方存在，也少有玩家提及。第一次去的时候，我在那整整待了一个上午，转换各种角度，想要把那里的一切尽收眼底。你知道，阳光海岸、椰林海鸟组成的宁静海岸可以让人忘掉任何苦恼。”

“你是天文爱好者？”

“是的，我在接触游戏之后开始去了解天文学。那时是为了更好地了解游戏，后来却成了一门爱好，不过也只是一门纯粹的爱好而已，比起其他，这不太实用。只是有时候会觉得，当我静心仰望星空，它能让我的思绪变得清晰，让我更清醒地去思考问题。”

“现在我面对这美丽海景时也会有这种感觉。”我说。

退出游戏世界是一项重要的测试。退出游戏的刹那和进入游戏时的感觉一样，你会突然眼前一黑，你眼前的所见所闻，甚至你紧握在手中的东西在那一瞬间消失得无影无踪，就像是……死亡。当然，它不会像死亡那样可怕，如果连退出游戏都能与死亡挂钩，我敢打赌没多少人会来玩这个游戏。

退出游戏是一件相当严肃的事情，你必须来到指定的游戏公共退出点——就是在这一片指定的沙滩区，然后打开导航仪，点击上面的“退出游戏”，确认之后，你在接下来的5秒钟之内无法移动，无法做任何事情，系统在这5秒钟的时间里保存关于你所有修改过的资料。然后，你眼前一黑，幻世在你眼中就消失了，你将回到角色选择区。再然后，回到你自己的身体……

我抬手奋力把头盔摘下，在工作人员的帮助下坐起来。我拼命回想刚才发生的一切，如果我没看到自己长满粗糙老茧且不和谐的双手，我还真以为我刚从海边回来。

“恭喜你完成了第一次游戏全过程操作，感觉不错吧？”

“太奇妙了！”我向琉璃举起大拇指。

上午一个小时的测试结束，我们被安排在幻世公司的自助食堂享用午餐，菜式健康丰富。选完菜，我随便找了张桌子坐下。

“杰洛士！”有人叫我。我循声望去，若不是听出这是柯特的声音，我还真辨不出他的样貌。这游戏里3D效果的角色和现实的样貌差别太大了吧。

我稍微打量了下他，他的确有一脸清晰的络腮胡子，眼神可就自然多了。多看几眼，还是能看出他的样貌与游戏里有几分相似。

“我该叫你柯特兄？”他看起来像是刚入而立之年。

“嗯，我喜欢这个称呼。你还是学生哥吧？”

“我刚毕业。”我说。

我们找了个位置坐下来，接着在琉璃海岸里聊的话题边吃边聊。他从高中就开始玩网络游戏，沉迷得日夜颠倒。他说那时很神奇，不管自己如何极力否认，成绩与游戏时长总会形成鲜明的负相关；他说那些年为了高考而被迫暂时放弃网游的事情在现在看来竟也会如此美妙；他说在大学里因为网游而逃课，通宵地颓废。但并非所有关于游戏的事情都是堕落的，他为了更好地了解游戏，自学了与天文相关的知识。

他讲述这些回忆的时候，嘴角带着轻轻的笑意，我能从他的眼神中看出他幸福的过往。

“大学之后的生活，工作占据大半的时间，游戏自然成了配角。会有一段时间你觉得自己无法放下它。你知道，就像和恋人闹分手那样困难。不管怎样，它还是会慢慢淡化，如今有了家庭，游戏时间就更少了。”

“出到社会打拼，和学校的生活完全两回事。”我说。

“那是每个人都必须经历的。”他是过来人，仿佛他的这段故事就是我即将要拥有的未来。

“说不定以后我就会重复你这样的经历。”

“你可以去算算命。”

“不，我不信那套。我只是觉得我们在这些方面太像。”

“但我们总不能像堂吉诃德那样去理解和探寻世界。”

我不明白他的话，我没看过那本书，但我还是知道那个理想主义的人物。

我们相互留了联系电话，不管怎么说，能在这神奇的网游里一起参加封闭测试也算是一种友缘。

下午测试的地点从海岸转到了西边田园式的乡村。在这里你可以尽享田园风光的美丽，还可以在此远眺琉璃城恢宏的全景。

我出神地看着水雾缭绕的江面，江岸绿树掩映。

“我想我迷上这里了。”我说。

柯特用脚尖踩一块石头，石块被挤入土壤中。“但说到底这也只是一款游戏，除了真实感外，没有其他任何区别。”

“这种身临其境让人难以抗拒。还有两次测试，我一定会来！你呢？”

“也许吧。”

四、社会必修课

就像在学校时逃课几乎是所有学生的必修课一样，在出到社会后一样有许多课程是必修的。除了把分内的工作做好之外，你还必须学会与各种不同的人相处，搞好关系；你要清楚公司里分了多少个派系，并且你要选择站在哪一边。若是在数个月前，我会对这种世故圆滑不屑一顾，而现在看来却不得不学。因为我既选择这里就要在这里生存发展，还要挣钱为以后……

星期一早上，阳光灿烂。我走进公司大门时看了看手机上的时间，8：25，离上班还有5分钟，我便不紧不慢地走进办公室。小黄的座位上没人，看来他要迟到了，但是他是坐班车上下班的，估计是有事请假了吧。走过小黄的位置，他的办公桌面异常整齐，平时散乱在桌面上的工作文件都不在了。

“早，小杰！”小妍向我打招呼。

“早！”我走到自己的座位，随手把公文包放在堆满文件的桌面上。“小黄要迟到了。”我说。

小李用异乎寻常的眼神看着我，低声说：“听说小黄辞职了！”

“什么？辞职？！什么情况？”

“我也不太清楚，上周六我来加班的时候见他在经理办公室里和经理聊了很久。”

“下班再说吧，老狐狸来了。”小妍给我使了个眼色，我坐回自己的座位，一张灰嘴脸在办公室里东张西望。没人理会她，大家都各自准备自己一天的工作。

午餐时间，我们几个年轻人聚在一张饭桌上。

“小黄怎么突然就辞职了？”

“工资不高，还要经常加班，我说是他明智。”

“可能找到更好的工作了吧。”

“我觉得是那老狐狸搞的名堂。”老狐狸是我们对部门里一个狡猾奸诈无能的老同事的“尊称”。

“嗯，我也觉得。那老狐狸绝对排斥小黄，小黄堂堂博士学历，老狐狸知道自己没有机会，所以就使把戏把小黄弄走的！”

“该死的家伙！”

“我看留在这里没什么前途，说不定我们也不会长留。”一些有工作经验的同事抱怨公司的各种问题。我也开始觉得这样的工资和这样的工作强度根本不成比例，再加上这样的工作环境。我突然意识到这根本就不是想象中的康庄大道。这条路上充满了各种障碍物，并且用以前学过的知识技能都无法解决。我感觉这条康庄大道被越挤越窄，如果这大道最终被截断，我是否就会掉下深渊？

日子在不时的加班中度过，一周过去了，还有三周就到月底，很快就能发工资了。

周五的晚上，我打电话给柯特，上周测试在幻世里认识的那个玩家。手机在播放了一段很长的音乐之后断线——他没接。我只好改发短信给他，问他周末是否参加《幻世》第二阶段的封测。

深夜，我坐在电脑前，戴着3D眼镜对着荧屏玩游戏时收到柯特的短信。原本以为只有“去”或者“不去”这样简短的答复，没想到一打开才发现这短信长达数页。

你好杰洛士，上周末的测试让人难忘，幻世真是个神奇的地方。或许从这个时代开始，虚拟世界将登上人类历史的发展舞台，按照这种趋势，它很快就会风靡全球，你知道，没有人能抗拒得了它的诱惑。可它毕竟也只是个虚拟的世界，里面所有的东西都是那个女孩画出来的图像。

从前，因为网络游戏，我几乎自毁前程，现在，它再一次来到我面前，只是换了一个模样想再把我骗进去，可我已经没有那个被骗进去的资本了。以前我可以不顾一切，可现在我有我的家庭、我的工作，这个社会上有我的责任，虽然这个社会错漏百出，可它毕竟真实地存在着。

我不打算继续参加接下来的测试。别被那个叫琉璃的女孩误导，她只是那里的员工，那是她的工作生活的一部分，她或许就在不经意间把我们骗进去，骗进她建造的桃花源。

祝好！

柯特

我靠在椅子上，久久没关掉短信。突然觉得自己有些凌乱，似乎从未因为要做一件事而考虑那么多那么长远。是稳重，还是瞻前顾后？

或许他说得太严重了，或许我与他所处的环境仍有很大的不同。他有家庭，在社会上打拼了许多年，他应该考虑更多，而我才初出社会。也许将来我也会像他这样思考问题。看来这个社会的必修课真多，不仅要学好为人处事，还要学会考虑以后的事情，为将来做打算。

最终，我还是决定去。就当作是一次旅游，或者是周末的消遣！

五、梦想之成功人士

我想拥有的一所公寓……

它要有不太宽，但足够明亮的书房，素雅的色调，统一和谐的空间，适于思考，适于清净不乱的心理联想。

它要有最温馨的睡房，房中尽是典雅的装饰，在某个难以入睡的夜晚，只要打开窗户，清凉的夜风便能驱散心中的阴霾，还有窗外深邃的星空伴你进入梦乡。

它要有宽敞的客厅，容得下许多朋友的聚会与闲聊，拉开西式落地门窗，外面可以是雪山美景、碧海蓝天，也可以是青葱或者金黄的油菜花田，纵使在阴雨绵绵的日子，只要点开轻快的乐曲，便可驱散忧伤……

接下来那个周六的上午，我按时参加了《幻世》的第二次测试。测试大厅里人不多，显然缺席的不止柯特一个。

我和靠得比较近的几位测试玩家含蓄地打了招呼，虽然喊不出对方的名字，但一同经过了第一次测试，我也大概有了每个玩家的现实以及虚拟的印象。

此次测试内容全都是在游戏里进行，我们的观察员会在游戏里等着我们。

我回想上周末接入测试的程序，在手腕上贴上那些特制的胶纸，把那个奇怪的头盔戴上，然后适度调整一下，接着躺下来，深吸一口气，按下启动按钮……

来到角色选择区，我看见自己半透明的轮廓。看来他们采纳了我的建议。这样看起来感觉舒服多了，至少增加了存在感。角色选择区里的任务也做了大幅修改，外形变得与真实的我一模一样！

琉璃说这次测试会送我一个小小的惊喜，我迫不及待地进入游戏，然后一个甜美的女声提示：“欢迎进入琉璃城，杰洛士先生。祝您游戏愉快！”

我睁开眼，瞬间的模糊后，柔和的光线驱散黑暗，我看见一片光亮从一扇窗外洒进来，照射在洁白的墙壁与棕色的木质地板上。古典色彩的藤椅、写字台、书柜带着一股素雅的气息，我隐约闻到翻动书页散发出来的书香。

“这是……”我环视这书房，“哪儿？”

“这是你的书房。”琉璃的语气听起来并没有太大的情绪波动。

“我的书房？”

“幻世公司为了感谢测试者，为每个同时参加过第一次和第二次内测的测试玩家送上的一份礼包——一套大约150平方米的海景套房——这就是给你的一个小小惊喜！”

“什么？这，是送给我的？”我再问了一次，确认我没有听错。我抬起脚，轻轻地走向藤椅，生怕这木质的地板会像梦境里的玻璃一样被我踏碎。推开书房门，宽敞的蓝白色调的客厅，简约的设计勾勒出大海白云的轮廓。阳光从左侧落地窗外照射进来，明亮了整个大厅。我打开窗户，海水拍岸的声音随风扑面而来，我不由得张开双臂，把这些都揽入怀中。

“这是你在琉璃城的新家，恭喜你成为第一批进入琉璃城的居民！”

我一直梦想有一天我能有一套这样的居室，我不知道仅凭自己的双手要打拼多少年的时间才能换回这书房与海景。可现在我竟然拥有它了！

“如果这一切能发生在现实中，那该有多好！”

“我相信你会实现的。”

我的导航仪提示我准备进行本次游戏测试，列表上显示着本次测试内容：角色外形调整效果测试、交通系统测试和交易系统测试。

我站在浴室里的全身镜前，拿起梳子，向着各个方向梳理我的头发，然后摆弄眉毛，接着对着镜子笑，皱眉头，做各种各样的面部动作，看镜中的我反应是否协调。最后还在镜子上呵一口气，水汽凝结在镜子上，一片花白。这真实度实在是太难以置信了。

“我想我还差一副眼镜。”我开始在不断变换姿势观察镜中那个“我”的角色。

“市中心的商城里为你准备了许多款式，你可以自己去那挑选。”

“看来我还得花些钱去装扮自己。”

“嗯，角色的效果还算满意，接下来得测试交通系统。噢，对了，我们还给你准备了一张绑定的银行卡，卡内有50万元，作为测试的初始费用，位置应该在书房的写字台上。”

“50万元！”我立马快步走向书房。书桌上摆着一张金卡，我拿在手中，卡的正面刻着“幻世虚拟银行”的字样。

“我们尽力模仿现实的社会，50万元对于一个社会成员来说，只是个小数目而已。并且，你必须把大部分的钱花在交易系统测试上，你的交易测试会是：购买一辆私家车。”

“买车？”

“是的，买一辆车，然后再去买你的墨镜。”

我翻动手中的金卡：“那么，这次测试之后，我在这琉璃城就会成为一个有房有车的人了？”

“是这样的。”

“你一下子就帮我完成了我一辈子的任务！”我拿起写字台上一张深蓝色外表的卡片，上面印着：琉璃银行。“会弄丢吗？”

“我们暂时没开发丢失系统，你可以丢弃它，但其他人无法使用，重新进入游戏后，它又会出现在你的桌面上。”

我把银行卡放进口袋：“我想我爱上这里了！”

公寓的名字叫“空中花园”，我住在空中花园的第13层。

下楼，电梯从13层高速下降到1楼，我完全没有头晕的感觉。

“只有肉体受重力加速度的约束，精神是自由的，我们不打算加入失重超重那类特效，那些是不好的事物。还有诸如偷窃、物品丢失、打架之类的，甚至是愤怒，我们都屏蔽了。这不仅能消除更多的负面影响，还能减轻系统的负担。”

车城的名字叫“幻世车城”，在海岸北面的幻影路旁。我在自助公交站里输入乘车指令，不一会儿，一辆的士便开到我面前停下。

上车。

“您乘坐的是幻世公交车01号，请问您要去什么地方呢？”声音是从前方的司机位置传来，我向前探过去，司机位是空的！

“这，连司机也省了！”我稍稍坐正，“幻影路20号，幻世车城。”我告诉那个“司机”。

“您的目的地是：幻世车城，幻影路20号。”司机重复了一遍目的地，然后车子自动开了。

“我晕车，在现实里。”

“晕车晕船是人体感觉器官受到过度运动的刺激，导致上腹不舒服、恶心、呕吐等现象。我们已经在一般公交系统上消除了惯性、颠簸，以及公交车上的异味，你现在坐车的感觉应该和在马路上飞差不多。”

“你说在公交系统上消除，那什么系统保留惯性？”

“为了达到开车的真实性，我们保留了私家车的惯性系统。”

“慢着，我不懂开车。”

“没问题。”琉璃笑了，“这里所有的车都配有自动驾驶功能。”

幻世车城坐落在幻影路南端，是一座巨大的室内车城，里面展出各种各样的名车。我对车并不太了解，但我还是懂得分辨哪些车足够特别，哪些车足够拉风。

我看中了一辆黑色的“琉璃·保时捷”。然后，我只需要把银行卡往车前的价格指示牌上一放，卡上的45万元瞬间消失得无影无踪。然后我就等待着系统为我设置汽车的角色识别功能——以后只有我才能驾驶它！

我坐在驾驶座上，看着车子华丽的线条，竟不觉失神。

“杰洛士，你怎么了？”

“噢，没，我在想我怎么才能把此刻的情景搬进我真实的世界里。”

梦至此，我已经拥有了全部。有人说梦不仅仅是梦，它是诗与神话的光辉杰作的完美结合，可惜它只在夜晚漫步人间。当第一缕阳光出现的时候，它便悄然离去，让太阳照亮的只有严峻的现实与人间的冷酷。

六、不测风云

前路不会平坦笔直，并且随时都有可能出现分岔路口，或许你一不留神，就会选错方向。

我打算辞职离开，去寻找更好的工作。因为，用我现在年轻的目光，看不见前方有自己想要的未来。

工作和校园生活真就完全两回事，我记得自己曾在职业生涯规划书中规划自己以后要从事什么行业，在未来多少年里要晋升到多高的职位。我发现那时的自己竟是如此天真，天真得有些不知天高地厚。现在看来，要让一个住在象牙塔世界里的人去思考另一个世界的事情，需要多么强大的精神力量，而那时的我还年少无知。

现在则不一样了，在这社会里经历了大半年的时间，我体会着两个不同世界的运行环境，许多价值观念正在转变，我开始更多地去思考一些实际的问题：我能做什么，我需要什么，工作能给予我什么。而不再是大学里那些天花乱坠的理想。尤其是在我参加了第二次《幻世》封测之后，我告诉自己，我就想要那么一套宽敞、雅致迷人的海景房。但现在的工作无法给到我这些。我不想当房奴，我计算过那些房贷还款，那简直就是一个悲剧。

但我还是很乐观地认为，社会自有它的缺点，但那不是唯一的路，我没必要非得往坑里跳。因此我得换一条路走：我觉得理性的选择会是换一份待遇更好的工作。

可工作对我来说不是说换就换的。我不是那种鹤立鸡群的牛人，没有坚实的家庭和背景做后盾，并且这世上的机会不会全都经过我，万一辞了工作却找不到更好的话我该怎么办？我得考虑更多的因素，不能再像以前那样吊儿郎当。

我得重新审视会计这个职业。我为什么没干多久就觉得厌烦，没有任何动力？很多人都说男生不适合做会计，因为男生应该去做些有活力的工作，寻找职业成就感。会计是一种相对稳定但沉闷的工作。如果会计真不适合我，那么我是否有别的选择？

我得确定是先辞职再一心一意找工作，还是等找到工作之后再辞职。还有工作的地点，我想我还是希望留在这个城市。至于工作的薪金要求自然不必多说，而工作环境是我无法知晓的。

于是我给自己定了一个方案，目标是找一份更好的工作。

我有两种选择。第一种是果断辞职，然后全身心地寻找更好的工作。如果这样，也许我可以在很短的时间内就达到目的，但也可能找到的工作不适合，还要继续寻找；还有一种情况是很长一段时间都找不到称心的工作，并且这样待业的时间一长，想找好工作就更加困难。最大的问题是自己的心理压力——你会成为失业者，当你身边的同学朋友在工作方面都渐渐稳定下来时，你会觉得自己被远远甩在后面而感到很丢脸。如果时间被拉长，你自己也会失去信心；另一方面，家人不会同意你长时间失业，家人或许会要求你必须就业，不管工作是否比之前的好。

这种方案的风险太大，而我觉得只有在辞职后立马找到适合的工作才算成功。

另一种方案是继续现在的工作，待找到合适的下家后再选择跳槽。这可能出现的风险因素有：你打算离开的意愿或者行动可能被上司发现，比如有人打小报告，比如你考公务员的书不小心被上司看见。这种事情的后果很难预测，也许最坏的结果就是被炒鱿鱼吧。这样的话就回到第一种方案了。但如果能通过这种方案达到目标，就能实现两份工作的无缝衔接，把待业产生的风险降到最低。

也许还有其他的方案，比如通过家人朋友的介绍，但这对于现在的我来说也许不太可靠。首先，自己的朋友大都与我一样工作不久，自己的发展都还没稳定，能介绍工作的可能性不大。其次，相比家人的安排，我更希望通过自己的努力达成目标。

接下来就是考虑自己的能力，我选择哪种方案的成功率更高。虽然各种情况都有可能发生，但无奈个人能力有限，而我又不愿承担太大的风险，于是我决定选择第二种方案：边工作边找下家。

计划总是赶不上变化。

——佚名

一场突如其来的冲突打乱了我所有的计划。

“杰洛士！”安静的办公室里突然有一个声音粗野地喊我的名字。我抬起头，只见那个把小黄挤走的老家伙恶狠狠地冲我走来，我顿时绷紧全身神经。

“你看看今天都多少号了，汇总表怎么还没给我，不想发工资了是不是？”

“我给你了，我好几天前就放你桌上了。”我提了口气，理直气壮地说。

“放在我桌上我怎么会不知道，你是想蒙我是吧，是不是不想干了？”

“你什么意思啊你！”我实在忍无可忍，一拍桌子站起来，“就那表，我需要骗你吗？”

“你这什么态度！”

…………

然后我和那只龌龊的老狐狸直接干了一架——当着很多人的面，犹如火星撞地球，一发不可收拾。

我可以肯定地告诉任何人，我没做错任何工作，我只错在与一名同事吵架，但我实在无法忍受那些自以为是高高在上却毫无能力的傲慢。我能想象一个丑女人照镜子，她相信丑陋的是她在镜子里看到的样子，而不是她自身；同样，这个社会看见它卑劣的镜像，却愚蠢到相信镜子里那个卑鄙的家伙不是它，而是我！

我知道接下来会发生什么，于是我直截了当地告诉我的上司我不干了！因为我已经不可能留下，我得罪了部门的人，离开是迟早的事。我知道他不可能真想留我，求职市场里比我优秀的大有人在。

我立马提交了辞职申请。此时这个部门，甚至整个公司在我眼中都变得无比丑陋，我坚信离开是无比正确的决定。

火上心头的我一口气把所有的事情都了结了。我在离职之后打电话告诉我的家人。电话里，老爸把我臭骂了一顿，可最后还是无奈地安慰："好吧，既然不好就再继续找个别的工作吧。"我不知道这句话是在安慰我，还是在安慰他自己。我向他保证我会找到更好的工作，那一刻我的心情无比激动。

几乎所有的朋友都责怪我这种愚蠢的做法，在他们眼里，刚工作不久就离开太不明智。他们说我太过冲动，说刚出社会的大学生待遇大都这样，说刚出社会的我们都是一张白纸，说应该学会如何适应这个社会，而不是让社会去适应你。

我为自己做出的决定准备了自认为足够完美的借口：工作时间长，每天还要花上三个小时应付大城市的交通；在一个论资排辈的企业，这样一个岗位几乎没有前景；刚进入社会的我看不惯办公室里的氛围与风气，我坚信即便不发生争执，我迟早也会选择离开……当你对一件事物厌烦时，你想到的只会是它的坏处，所谓情人眼里出西施，仇人眼里出狗屎。

办理完所有离职手续后已是下午5点，天色已稍有暗淡，我才意识到已近10月。我站在喧闹的街头，看夕阳渐渐隐没在城市高楼大厦的背影中，路灯与霓虹渐次亮起，凉风扫过街道，世界一如往日，繁华又寂寞。我突然感觉一个世界轰然坍塌，我像失去重心一样往下坠落。

我想起自己打算换工作的计划，我原以为那是个完善的方案，可如今看来竟如此不堪一击。我发现自己还是如此天真。这天底下会有多少计划，能赶得上那些毫无征兆的变化？

但也许我的计划并没有错，辞工与被炒也只是主动被动的不同而已，结果都一样。

我呆坐在狭小而空旷的宿舍里，打开一罐啤酒一饮而尽。我叹气、抱怨、自责，我希望能够逃离此时此地的所有，去任何地方，只要不是这里就行。我不想再过这种没完没了的日子了，我只想有一天我能卸下所有的伪装，成为另一个真实的我。但可悲的是我却从未成功过。此刻，会有谁知晓我所有的无奈？

七、时间、选择与未来

这是《幻世》的第三次封闭测试。这次测试内容包括两项：一项是开放新地图测试，另一项是时间效应测试，以及玩家对时间效应的适应度。

所谓时间效应，就是当人进入潜意识状态时，人们会认为在梦中度过的时间长于现实度过的时间，《幻世》游戏的64分钟大约等于现实中的8分钟。

幻世公司在游戏中新增了一幅名叫“炼狱荒原”的野外战斗地图。测试者大都去了能够战斗的野外地图系统，一片名叫“炼狱荒原”的南方海外的大陆，而我还是选择留在琉璃海岸。我完全没有去野外打野怪的心情。我弄丢了工作，现在一片混乱，我只想一个人找一个安静的地方。

我在椰树林里那些被海水打磨过的石块间坐下，看浪花击打海岸，渔船在安静的港湾漫无目的地漂移。这里的时间过得真慢，慢得有些让人觉得浪费。时间真是个奇妙的东西，时而缓慢，比如童年时阳光灿烂的午后，比如高考过后等待分数的日子，比如现在。而有时候时间却箭步如梭，你还没来得及准备，灾难就降临于你，让人不知所措。如果现实的光景能和这琉璃海岸的时间一样，也许我就不会错过那么多。

“海岸越来越美了。”一个熟悉的女声从身后传来，我回头看去，见她一身白色连衣裙在海风中微微飘动。我惊讶地看着她，看着她那双并不陌生的双眼，我想象着把荧屏里她那厚实的眼镜移开，把暗沉的工作服换成白色连衣裙的她，竟是如此美丽。

“是的，越来越美了！”

我们沿着海滩慢走，这是一种多么美妙的感觉，我希望这是一条无尽的沿海长滩。

“你是游戏管理员？”我问。

“我是琉璃城管理小组的组长。每张地图都有一个责任小组，小组成员管理地图的绘制、布局、在线玩家人数统计，以及事件的应急处理等等。《幻世》还处于封测阶段，许多数据需要处理。但我想这些都会渐渐好起来的。未来也一定会推出更多的地图。”

“你对网游了如指掌。”

“我最喜欢的工作是把想象中美好的事物用计算机画出来。”

“你做到了，你把这儿画得栩栩如生！你在这儿工作多久了？”

“两年而已，我一毕业就来到这里工作了。”

两年，可以说是刚刚起步，可她却能制造出如此恢宏的景象，实在是巨大的成功。我心想，然后是愧疚……

“幻世是一家充满创造力的网游公司！一开始我也以为他们只是开玩笑而已，但当我看到那巨大的数据处理主服务器的时候，我简直惊呆了。他们真的能模拟出一个梦境让所有人分享，在这里你可以拧转一个陀螺，让它永不倒下！”

“他们？”

“嗯，都是科学家，一群爱幻想的疯子，是他们在一步一步实现人类编制的梦想，这真让人兴奋！”

“我刚接到幻世的封测邀请时，也以为这是个骗局恶作剧什么的，没想到这个科幻小说里的场景这么快就被搬到现实中来了。”

“是啊，的确难以置信。我参加过他们开的讲座，他们说了很多关于未来的想法，比如以后纸币将会被银行卡里的数字取代，因此琉璃城里设立的是‘信用点’金钱体系。还有很多很多奇怪的构思，有些还真的值得让人深思。”

“他们在预测未来？”

“那倒不是，未来这东西是不能确定的，他们最多只是猜测一些事物的发展方向罢了，更多的还是为了提升工作气氛，消磨时间，或者吸引大众而讲的一些稀奇古怪的故事罢了。”我们在这悠长的海岸边走边聊。初次见面，我们却有说不完的话题。我看着银白色的沙滩、湛蓝的海水，还有身边美丽的白衣天使，如果此刻电脑发生些小故障，我是否就可以永远留在这琉璃海岸？

“你看起来不太开心。”琉璃看着我说。

“是吗？”

“嗯，和上次相比。”

我把现实中的状况告诉她，我不认为这会让我失礼或者尴尬。我觉得其实没有必要掩饰什么，在这意识与意识交流的虚拟世界里，我们更应该坦诚相待。

“不适合自己的工作就换，换到适合自己的为止。不管工作是为了钱还是为了理想或者为了别的什么，自己开心才是最重要的。”

我有些惊讶她非但没有批评我莽撞的做法，反而支持我。

“我也是过来人，我了解这样的事情。如果工作不好让你想离开，说明现在的工作无法达到你的期望，你没有继续等待，是因为你看不到未来，或者那个你期待的未来可能性太小，难以实现。你能鼓起勇气离开，证明你对自己能找到更好的工作充满信心。这所有的一切都是上进的，离开，为什么不呢？”

她的话仿佛一股暖风拂过我意识表面的伤口。当你深陷痛苦之中，你真正想要的只是别人听你说话，体谅你的烦恼，你不希望他们离开或者防卫，你也不希望他们被你的沮丧所干扰，你仅仅希望他们知道你受伤了，仅此而已。

我们在沙滩海岸的某处停下慢悠悠的脚步，我真诚地感谢她所说的一切。

有那么一种感觉，琉璃海岸的阳光无比温暖，再没有任何别的地方能与此时此地一样！

我在一个月后找到了新的工作。从时间上看，我在很短时间内了结了这心头之忧。从新工作的质量上看，工资福利方面比以前更好了。我终于能找回些许自信，让我可以挺直腰板说我有能力找到更好的。终于幸运之神站在了我这边，上帝是公平的，他关上一扇门，会为你打开另一扇门。但这波折同样也折磨了我整整一个月，如今总算告一段落，我终于可以长舒一口气。我决定以后安心工作，并告诫自己要吃一堑长一智，以后绝不能再如此鲁莽。这社会险恶，凡事要三思而后行，不能再这样无端生变故了。

原来这就是我的未来。原来我从前无限憧憬与期盼的人生大概就是大多数长辈的现在。所谓差别不过是薪水与家庭上的细微差异，所谓生活也许就是我们在这些细微差异之间的相互攀比。

一瞬间，唏嘘无限。

一夜之间，我长大成人。

“我找到新工作了！”我特意回到琉璃城告诉琉璃。

“是吗？难怪你的气色看上去比上次好多了。”

“这在潜意识的世界里也能表现出来？”

“当然了，没有肉体的束缚，潜意识能更好地反映人的内心世界。恭喜你。”

“谢谢你给我的鼓励。”我听说当一个人在痛苦的时候，他会比其他任何时候都更接近他自己的灵魂。痛苦是一个指出你生活并不顺畅的指向标，当一些信念和想法哭喊着要被爱治愈时，你必须选择用心去面对挑战。

“其实你可以为自己在幻世取得的成功写一本自传。”我说。

“自传？”

“是啊，这样可以激励更多的后来者。”

“就我这点成功算不上什么，要写也是写给自己做纪念的。再说了，那些励志的书籍外面可是俯拾皆是。”

“每个成功的例子都不一样，你一毕业进入社会就能取得如此成就，更值得我们这些后来者学习。”

“谢谢你的夸奖，只是没人能复制别人的成功之路，我一直认为在那些成功故事，在那些心灵鸡汤里你找不到自己的成功。它们仅仅会带给你向前冲的动力，目标还是需要自己去寻找的，如果没有目标，那动力只会成为无处使的力气。”

成功需要一个切实的目标，在通往成功的诸多途径中选择最优的一个，如果中途失败了，你该知道如何才能让自己回到正确的道路上来。这个过程中你必须保持镇定，思维清晰。这是我此次经历的小小总结。这让我对未来再次充满信心。

“有没有听说过一种说法，那种说法认为世界就像一团气体？”琉璃一头雾水。

我继续描述：“我们不能估计气体中每个分子的运动，但却能计算出整体是膨胀还是收缩。按照这种说法，我们每个人就是这个社会里的微小分子。虽然个人的命运难以预测，但只要人口数量达到一定规模后，人类历史的方向就可以预测了，这是因为考虑了大量个体的行为状态。如果真是如此，那是不是只要对个人考虑得足够周到，我们也可以预测自己的未来？”

“噢拜托，别傻了，怎么可能预测得到未来，那些只是幻想而已，完全不靠谱。”

“这虚拟的世界从前不也只是幻想而已吗？可现在我们却已经身在其中了。”

她张口结舌，也不知道该说些什么。

“如果真有这么一门学科就好了。”我说。

“你不会真的相信吧？这虚拟世界可是有确凿科学依据的，不是凭空乱编出来的。”

“一开始，虚拟的世界一定是空想出来的……”我正准备和她争辩下去，她打住了：“如果真有这么一门学科，别忘了帮我预测一下我这琉璃城的未来。”

“嗯，这个主意不错，好，就这么定了！”

“行了行了，别去信那些，未来不是算出来的，是要我们去努力争取的，你的成功靠的是自己的努力。”

我看着幻世海岸美丽的景色，感觉心情无比舒畅。这心情呀真的可以左右人的思想，一个月前我丢掉工作时对着这片同样的景色有苦难言，而今却心情一片大好。

“《幻世》的测试环节到此就全部结束了，谢谢你的大力支持。”

"客气啥呢，我要感谢你才是。"

"《幻世》将会在两个月后正式上线，那时候琉璃城将会是一个能容纳上万人的世界。到时你一定要来，我们就在这儿见面！"

"何不在现实中见面呢？"我看着她，看着她圆润的脸。

"暂时还不可以，这是工作人员的规定，不过一定有机会的！"

我得到了期待。

第二章　美丽新世界

一、幻世

轻柔的晨风

吹走彻夜绵绵的飘雨

清脆的鸟鸣

唤醒翡翠河边的绿柳

初升的幻日

用温暖的光开启梦想之城——幻世·琉璃

碧蓝的天空云彩飘舞

空气和着雨后的泥土芬芳滋润城中每一隅美景

绿树环绕的街道，风格各异的建筑，感受巴洛克式、哥特式、新古典式的异乡风情

琉璃教堂里，萦绕着唱诗班优美的童音

天空之城上，风力飞艇自由飞翔，你站在最高的浮石上，望尽南方海岸

在每一个午后或者傍晚

读一本书，品一口清茶，感受甜蜜的宁静

又或是驾一辆车，追逐喧哗的城市街景

在落日余晖的照耀中，站在无尽的田野前闭眼沉思

在花好月圆的夜色下，给她，一朵玫瑰花，给她，最迷情的天堂！

《幻世》在上线之前用一部大型游戏预告片《幻世·琉璃》，以最唯美的画面向世人展示出这虚拟城市的景象。预告片时长达半个小时，几乎成了一部电影，而事实上该预告片确实是在电影院上映的。电影中播放出的城市场景精美绝伦，就像传说中仙人居住之地。我想每一位看过这段预告片的观众都会有去看看这完美世界的冲动。

在这部宣传片的唯美光环下，幻世通过各类传媒向外界大肆宣传，详细介绍游戏的方方面面，并对社会上流传的“意识监狱”、“思维囚牢”以及“盗梦”等各种说法进行辟谣。同时，幻世也公开了他们经营的各种规章制度，比如实名认证、游戏时长、收费标准。

可以说幻世做到了真正意义上的实名认证，因为你要想进入琉璃城，就要亲自去躺在接入器上，而不像以往那些泛滥的网络游戏，只要填个姓名，然后在网上下载一个身份证号计算器，算出一个可用的身份证号码填上去，就通过实名认证了。

另外，在游戏时长和收费标准方面，幻世规定了三种时长的套餐供玩家们选择，分别是：10分钟＝40元，20分钟＝70元，30分钟＝100元。每位新玩家还必须额外支付100元作为体检、登记等各种手续的费用，并且每天的游戏时长不能超过2个小时。

这个游戏规定显然会给公众不安的感觉，有些反对人士抓住这条规定对《幻世》进行猛烈的攻击，他们认为这种游戏会对人体造成严重的伤害。而一些媒体则认为，这种抨击来自古典网游对《幻世》横空出世的恐惧。

明天，将是《幻世》正式运营的第一天，届时，琉璃海岸城将会正式上线！

也还是上班的时候，我接到了幻世公司客服打来的电话，邀请我在《幻世》推出的首日登录游戏，由于我是封测玩家，我还将获得封测大礼包——5个小时的六折优惠价格（按照每半个小时100元计算）。

我立马答应了对方，然后继续手头的工作，尽快把活儿赶完，为了给参加游戏首日游省出些时间。只是此刻我的脑海却一再闪动琉璃城的景象，那蓝天白云，海景书房，与面前这些繁杂的工作重合又分离，我的心思早已飞到那琉璃海岸去了……

二、幻世·梦想

梦想，一切美好事物的源泉。

在那段年幼无知的童年记忆中，梦想漫天飞舞。

我想当一名宇航员，到启明星上看看。这是我最初的梦想。妈妈告诉我还没有人能去到那里，那儿太远了。后来，对星空的沉迷让我决定当一名科学家，去感受那漫天的星尘，很久以后我才知道那个具体的名称：天文学。

再后来啊，那梦随时间与成长一变再变，到最后变得面目全非，连自己都无法辨别。

现在，梦还在，只是不再像儿时那样纯美，它成了一个可以用金钱和地位来完美解释的幌子。

当我们意识到那些最初的梦想在风雨中飘摇时，只有她，站在物欲横流的世界里高举最纯真的梦想，不再让它摇晃……

幻世有两处营业点，名字叫“通天塔”和“天使之翼”，分别可以容纳5000人。这样正如琉璃说的，幻世里可以同时有1万人在线。

我常去的营业点是“通天塔”。那里的游戏大厅与我封测所在的游戏接入场所极其相似，只是容量更大了。

我站在琉璃海岸一幢高级海景楼中一个套间的大厅中间，我所有的物品都整齐地陈列在书桌上。

“我回来了！”我好想对着我宽敞的房子大声说。窗帘依旧合拢起来挡住外面的阳光。我拉开窗帘，阳光洒进房间的一刻总是如此美妙，百看不厌。

手机的振动声打破了房间的安静，是琉璃的来电。

“早上好！”我先开口。

“嗯，在哪里呢？”琉璃问。

“在家，我的登录地点设置在房间里，刚上线你就打电话过来了。”

“出来逛逛吧，我带你在城里兜兜风。”

“好啊！”我一口答应。

“你在楼下等我，我马上就到！”

海景公寓安静地矗立在宽阔的沿海大道旁，马路上干净得一尘不染，偶尔有两三辆车子驶过，车主总会开窗看一眼四周的景色。温和的海风带着恰到好处的水汽，让人神清气爽。

不一会儿，一辆白色轿车减速向我靠过来，我才发现这是一辆没有车轮，悬浮在离地面大半个车轮高处的飞车！阳光下，它就是一个浮在空中的光梭！

车门自动打开，琉璃摘下她性感的墨镜，看着我一脸惊讶的表情，笑着说：“封测时幻世送的礼品，和你在封测时买的那辆幻世·保时捷一样。”

“这不就是古典网游里的神宠？”

“可惜这种宠物只有坐骑一个技能了。”

“这可是会飞的车子呀。”我触摸这神奇飞车亮白的外表。

“反重力系统，开发团队只告诉我这么多，所以别指望我能给你解释。”

“哇，居然还有这么先进的技术，啥时候给我也弄一辆？”

琉璃启动了车子，“神宠，可都是限量发行的噢。”她很得意地说。

“我们要去哪儿？”

“琉璃城里的每一个景点！”琉璃打开车子里的全息地图，上面的景点标注密密麻麻。

“恐怕两个小时的在线时间不够吧。”

“难道你就只会在这琉璃城里待这两个小时而已？现在看不完，以后可以再来。”她今天的心情特别愉悦。或许我无法领略一城之主此时此刻的心情。

车沿着沿海大道行驶，很快，蜿蜒的公路便离开了海岸，向内陆延伸。

“前面就是琉璃大学城。”琉璃指了指前方的路牌。我朝前方望去，隐约可以看到绿树掩映的整齐教学楼，然后是成片的篮球场和绿茵场，随着距离的拉近，那些校园设施渐渐变得清晰。然后，我想起了我的大学。想起刚进校门时，我们围在一起相互认识；想起班级生日时，我们每人拿着一块蛋糕在草坪上追逐打闹；想起班会上，我们大谈特谈自己的人生理想……

“它是按照大学城的模式建立起来的。”

“真的？我们下车进去看看！”

“这次恐怕不行，里面有一部分模拟设施还在完善中，暂时还不能对外开放。”

“这大学城是用来做什么的？难道会有玩家打扮成老师授课，

然后一群玩家凑成一个班来听课？”

“当然不会，我想也不可能有这种情况出现。不过我们的确会有NPC教师在安排好的时间和课室授课，授课内容还未确定，但应该不会是我们现实学校里的授课内容。”

“我敢保证绝对没有听众。”

“嗯，我们也这么认为。”琉璃说，“其实大学被设定为玩家在野外打怪系统里学习技能的场所。”

“什么，在这学校里学习那些技能，这大学不就成了魔法学校了？”我联想到在一个铺着棕色木质地板的大房间里一群牛头战士挥舞着板斧互砍的情景。

“听说在这学技能是得交学费的。”琉璃补充道。

“竟然还要交学费！那我这草根玩家可就支付不起咯。”

“你会来的，像你这样的玩家，不可能不去炼狱荒原卖弄你的杀怪技巧，那样你就必须来这里把所有的技能都学了，到时候还怕你不交学费？”

车子渐渐驶离琉璃大学城，沿着笔直的公路向着远离海岸的方向驶去。路旁青翠见底的河流是从北方森林流淌下来的翡翠河，我沿河流流淌过来的方向追寻它的源头，只见那波光粼粼的河水消失在远方茂密的绿林之中。我看见前方不远处的河流上空悬浮着些什么，似云，又非云。

“那是？”

“天空之城——巨石飘浮的童话王国！”

“天空之城？”

“炼狱荒原的开篇传说中，龙王与魔王的力量把山峰和巨石从大地拔起，悬浮于空中，那些巨大的石块因此附上魔力，虽然降魔战争已过去千年，那些曾经升起的巨大石块至今依旧在空中飘浮。后来，重建这里的人们把它们称为浮石，他们想办法爬上那些石块，在上面建造简单的建筑。数百年来，浮石上的建筑不断完善，全部一百多块浮石通过各种方式连接在一起，形成了童话色彩的空中城市——你将要看到的天空之城！”

我注视着那悬浮在空中的景物，联想天空之城的景象，我会是那个叫巴斯的小男孩吗？会有胸前挂着能量之石的少女从天而降吗？

车渐驶近，我看到云烟缭绕的浮空石阵和每一块浮在空中的巨石。

“太神奇了！”我把头探出车窗，目不转睛地看着浮石群，直到那块最近的巨石占据我所有的视线。

车子还没停稳，我就迫不及待地推开车门，仰望最近的那块巨大浮石的底部。它稳稳地浮在离地面并不远的半空，罅隙中长出的千年藤蔓与地面相连。我伸手抚摸那粗糙的老藤，仿佛能感觉到这里历尽千年的沧桑。

“我们要怎么上去？不会要沿着这些老藤往上爬吧？”

“最先来到这里的人们是这么爬上去的，现在可就方便多了，”琉璃指着不远处的游客入口，“我们有飞艇。走吧！”

升降船不大，主要是把游客运上浮石。升降船最大的特点就是船身四周的螺旋桨——那些童话故事里的竹蜻蜓！

我们坐进一艘小飞艇。“这儿就像个童话故事！”我说道。

竹蜻蜓开始旋转，小船慢慢升离地面，我站在船头张望外面的景色：船绕着巨石上垂下的青藤上升，巨石底部古老的痕迹诠释着千年的沧桑。

不一会儿便能看见浮石平坦的顶部，飞艇在一处空旷的地方降落，没有一点儿颠簸。四周有几家客栈和小酒店。一些人物穿着奇特，貌似古代东方人。他们坐在酒馆里喝酒闲聊，还有几个小孩子在空地上嬉戏打闹。

“他们是？”

“他们是本地人，在这里做些小本生意，天黑后他们就会离开浮石回到地面。走吧，我们去最高的那块浮石！”

浮石都相互连在一起，有些通过缆车，有些则是索道，有些相隔较近的浮石干脆通过千年青藤相连。每块浮石上都有特别的景观，我们直接去了最高的那块浮石。

最高的浮石飘浮在其他浮石之上，其实也只是略微高出其他浮石一些。这也是最大的浮石，上面有一棵巨大的榕树，树根深入浮石之中。阳光穿过茂密的榕叶，零碎地散落在身上，我们站在靠近南边的浮石边缘，在这里，整个琉璃城的南方海岸尽收眼底！

琉璃面朝大海的方向，海风吹起了她飘柔的长发。

“这就是我的梦想！我的第一个梦想！小时候看动画片时，总有那么一个梦幻的背景，或是小村庄，或是魔法小镇。后来，我知道那些地方有一个共同的名字：乌托邦。他们说那是一个我们永远也无法去到的地方。但他们没想到，这不可能到达的地方现在如此真实地展现在我们面前！”

我走到她身旁，俯瞰整个琉璃海岸，城内绿树成荫，远处湛蓝的海面波光粼粼，大海尽头碧蓝的天空中悬挂的幻日光芒四射。这景色足以把人的心灵融化。这就是她亲手打造出来的世界！此刻，她是这个世界上最幸福的人。

幻世的太阳似乎燃尽了余热，安详地挂在西方山脉之上的天空，我站在回程的路旁面向空旷的原野，望尽这壮美的风光。

幻日渐渐隐没于群岚之中。

“美妙的景色总是转瞬即逝。”

“只有转瞬即逝的美丽才能给人无限的灵感。”

我闭上双眼，让自己的灵魂也融入这金色的落日余晖之中。

天渐渐暗了下来，于是我们上车离开。

“晚了，我们回去吧。”

“还早着呢，这不，幻世夜生活才刚开始嘛。”

“我们要去哪儿？”

“去看幻世夜景！”

我们在路过一处叫“幻河源”的夜景区时减慢车速。

“这儿是个夜景区，有家不错的餐厅，我们先在这儿吃点什么吧。”

“在这里，要怎么去吃？”

“我不懂怎么形容，总之就是一个你无法辨别虚实的过程。”

餐厅的名字就叫“幻河源”，坐落在绿林环抱的翡翠河边上，四周彩灯闪烁，温馨烂漫。还没进门，餐厅里清脆的音乐就已在欢迎我们的到来。

餐厅里客人不多，全都是成双成对的恋人，这浪漫之地正是他们的天堂。我和琉璃选了一处可以欣赏窗外夜景的位置坐下。对面那对小恋人卿卿我我让我浑身不自在。

“点餐吧。”琉璃说。

我翻开餐牌，上面的菜式我几乎一个都没见过。

“这些都是世界各地的美食。”

“我明白了。”

我点了些看上去很漂亮的菜，然后餐点马上被送上餐桌。

我左手操刀，切下牛扒的一角，用叉子叉起肉块，移到面前，思考真实与虚幻间难以察觉的差异：“其实这块牛扒并不存在，当我把肉放进嘴的时候，游戏系统会告诉我的大脑这块肉松软多汁，美味可口。”然后，我把肉送进嘴里，咀嚼，下咽，享受肉的气味带来的独特快感。

“你的样子真享受。”琉璃忍不住笑了。

晚餐之后，我们在江边漫步。细细的月牙挂在平展于河面上的夜空，双子座的星光簇拥在它周围。清风拂面，树影婆娑，江水泛起微凉的气息，空气和着青草的芳香。我贪婪地呼吸，让这鲜洁的空气净化体内的血液，让宁谧安静明亮我的眼睛，纯洁我的心灵。

三、幻世·现世交织的日子

生活总得有些盼头。

——陈霖

我在新的岗位上工作了已有几个月的时间，之前冲突和辞职的阴影已模糊得如同午后阳光下的雾气，可每次想起依然还让我有些无所适从。

几个月前我通过自己的努力获得这份比之前更好的工作，那时我以为这会是一次全新的开始，我的人生将有所改变，但现在看来完全不是这么一回事。同样也是会计，工作的内容几乎没有差异，一切都按部就班，我在每天的上班时间内努力做好自己分内的事情，领一份自认为不菲的薪水，在一切都安定下来之后，自然而然地也觉得工作的环境尚且让人满意。也许按照这个势头，许多个十年之后能买得起一套不错的房子；也许在这个论资排辈的社会里，许多年后我也能盼来升职的机会。也许这就是一个普通的工薪阶层吧，其实这样的工作也没有什么不好的。至少现在，我还可以在空闲的时间做些自己喜欢的事情。

然而这样的心情并没能维持多久。在琉璃带我游完天堂一般的琉璃城并最终站在天空之城上，讲述她如何完成那个完美的梦想的时候，我开始有意无意地重新审视自己的现状，我再次对自己现在的工作和生活感到焦虑。

一年了，我成长了多少？这一年里我要如何衡量自己的得失？所谓的意义到底是什么？如果20年的寒窗苦读换来的仅仅是现在的样子，我宁愿一直迷醉在大学里美好的梦想之中。

在此之前，我成功换了工作，这或许就是我这一年做的唯一一件值得称道的事情。那其他的时间呢？一年，应该可以做许多有意义的事。我庆幸自己没有写日记的习惯，否则在我翻开日记回忆从前平淡如白纸的过去时，我一定会恨死自己。

我们让每一天都在忙碌中度过，难道这就叫充实？或许我们应该在这24个小时里学到些什么，领悟了些什么……而不是在每天下班之后，软在长凳上告诉自己，生命又被我们挥霍了一天，或者我们用生命中的一天交换到的只有工资，并且明天也将会这样，后天也是……我最害怕的是，以后会不会就这样日复一日地度过。

这样看来，我们无异于一台机器，我们的正常运作保证了这个社会的正常运转，周而复始，我们的大脑中就只剩下那些我们每天用得上的东西。我们从小学、中学、大学——那些为了前途不顾一切的年代里学到的知识早已忘得一干二净，而随着岁月流逝，记忆力衰退，那些东西也将一去不复返。这样看来是我们亲手杀死了自己的过去。

我似乎明白了这不是堂吉诃德的世界，这应该是卡夫卡所处的世界，这是个非个人、无法控制、无法逃避的世界！

想到这里，我觉得我不能再这样迷失下去了，我得找一个目标，不管什么目标都好，然后尽快实现它，如果长时间没有惊喜，我怕以后就再难找到向上冲击的支点。

可我要怎么改变现状？每当想到未来，我的思维就变得杂乱无章。我要如何设定目标？是现在的工作，还是当初的梦想，或者还有别的什么？迷茫中，我竟想起琉璃海岸的海景公寓里那宽敞的大厅、书香满溢的书房，那是我现实中的目标，也许我太急于成功，也许……我得先理清自己的思绪。我想琉璃城的景色能给我足够的灵感。

每次走进“通天塔”时，我都会在通向这梦幻之城的门前驻足仰望，仿佛可以看见那个幻想世界飘浮于城市上空，而下一刻当我跨入这扇门时便可到达天堂。

周六，我再次躺在幻世营业厅的接入平台上，我得回去看看我的海景公寓怎样了，有没有染尘，看看一个星期来幻世有些什么新变化。

我开着幻世·保时捷，在幻海长廊某个广场前停下。对面是穿过城市的翡翠河。

这是个充满文化气息的广场，在这里你可以见到销售乐器、壁画、书籍的小商店。你可以在这里学到许多关于乐器绘画的知识与技巧，当然你也可以寻找有没有适合自己的读物。这里洋溢着清新的文化气息，就像星期日里塞纳河畔的景象。

我走进一家书店，在书架上找到一本曾经寻找许久的书《伊利亚特》。我翻开书本，纸页微微泛黄。我决定在阅读区找个位置坐下，慢慢品味，说不准雨果或者巴尔扎克也是在这样的环境里翻开过这本充满传奇色彩的英雄史诗。在灿烂的阳光和书香气息中，也许一个伟大的构思就在这些非凡的脑子里形成。

书店阅读区可以免费选点饮品，店里的服务员走过来递给我菜单："先生，请问要点些什么吗？"

服务员的名字引起我的注意，她叫"女王"，身着正式的服装，甜美的笑容，那不像游戏里设定的程式。"你是玩家？"我问。

"嗯，这一区设有NPC。我叫'女王'，在帮幻世打理这家书店。"

我才发现这家小书店里只有她一名服务生。

"我叫杰洛士。这就是幻世新开的打工系统吧？"

"是的，前些天才开放的功能。"

"焦糖咖啡，加热。"我合上菜单递给她。她接过："好的，稍等。"

我背靠在圈椅上，书店里很清净，估计也很少会有人来这儿消遣。

"先生，您的咖啡好了。"

"谢谢。"我见没什么客人，便邀请她也坐下。她跟我年纪差不多，应该还是个学生。"你是学生？我是说，现实中。"

"是的，我明年就大四了。你呢，也是学生吧？"

"没，我毕业已经一年了。"

“哦？看不出来。”

原来我脸上还残留着学生的气息，没被象牙塔外的烈风彻底夺去。

“这里待遇如何？”我问。

“还行吧，会有一些游戏币打到我的卡里。”

“这应该赚不了什么钱，到野外打怪兽的收入应该不错。”

“我一个弱女子怎么能去打杀怪物呢，我不懂玩那些游戏。我是来这里学习的！”她的意思是在这里模拟一家书店的老板，学习如何管理这个书店，“大学生不能总埋没在书本里的理论之中，我们应该理论和实践相结合！”

没想到一个虚拟的游戏竟也能提供如此特别的学习机会，这是幻世的独特之处还是她聪慧的天赋？

也许每个人心中都会有一个理所当然的世界，我们自己就是上帝，很多时候我们会想当然地认为自己会像上帝之于他的世界那样随意行动。很快她将会发现，那只是象牙塔折射出的残影，而她也不是什么上帝，只是在变幻的时空中无法把握的幻象。但也许她将来会取得不小的成功。只看她名字就知道，“女王”，不就是武则天这样傲视天下的牛人嘛！她还没毕业就能有如此高的觉悟与追求，真让人羡慕。如果当初我也有这样的认知，现在会不会不那么一样？

《幻世》的在线玩家数量连续两个月爆满，每个工作时段都挤满了在营业游戏大厅等候进入的玩家，网上预约的更是不计其数。

于是在幻世还没走到第三个月的时候，它开始了第一次扩张——在城市的繁华地段又另外设了两个营业点，共增加1万台接入设备。这样加上之前的1万台，幻世允许同时在线的玩家数量就达到了2万人。而事实上，在新营业点开始营业之后，幻世在营业时间内几乎每一刻在线人数都达到了这个饱和数字。

也是这两个月里，我开始在上网的时候会特意去关注《幻世》官网的新闻，那些关于幻世扩张的消息也是我在上班时间忙里偷闲了解到的。在这让人眼花缭乱的帖子海洋中，还是有一些能够吸引我的眼球。比如某某土豪，已经在游戏里花了上百万RMB去兑换成幻世游戏币，砸在炼狱荒原的装备炼化炉里，为的就是一套极品的橙色装备。

这帖子因为连续数天的点击率第一而被顶置在首页，其中的一些评论甚至亮过帖子本身。

在那些评论中，有的大骂《幻世》就是吸血鬼，跟以往那些坑钱的垃圾网游没啥区别；有的则持保守态度，认为钱花多花少自己量力而行，玩游戏开心就好；而另一些人则嘲笑那些破口大骂的留言者：没钱就别玩这游戏。

网络就是这样，各抒己见，毫无忌讳。到底谁说得更有道理？我想应该只有版主了。

这两个多月的时间里我去过琉璃城四次，前两次是琉璃她本人的盛情邀请，后来的两次是我自己去的，我觉得有必要每个周末回去看看我的海景公寓。每一次琉璃都会在楼下等我，她开车带着我四处兜风，从海边到琉璃大学，从中心博物馆到北方森林，从琉璃大教堂到市中心的天堂商场……

一开始我在琉璃城待的时间并不长，就一个小时，后来有一次我和琉璃要去的地方实在太多了，所以不得不加多了一个小时，那也是我玩得最开心的一次。

另一次去琉璃城，是我与现实中的几个同学约定的“聚会”。我带他们到我在琉璃海岸的新家，朋友们惊讶地瞪着双眼走进大厅，然后把每个房间都走了很多遍，把每个摆设都看了又看。

我们围坐在一起，各自讲述这一年来的工作和生活。这一年，我们大都安定下来。原来这就是这一年我们努力的最大成果。其实有时候觉得过多的追求反倒是一种压力，平平淡淡地过一样会很开心。而说到开心的事情，自然是回忆里那些年我们一起参加的球赛，一起跑过的内环，还有那些心照不宣的表情和词句。现在看来，正是那些亲密无间的相互诽谤，那些公开与私下里不一的行为，成了我们的友谊建立与维系的基础。那真是个天真的年代呢。

可回忆终究是回忆，当说起某对班对已经结婚，而某个同学已经购得新居的时候，才发现，当初站在同一起跑线上的我们，已经有很多人远远地跑在前面了。我们是多么羡慕那些从学生时代开始的爱情能天长地久，而我们只能默默地叹息那些曾经的蓝天、草地、美丽而不属于自己的女生。

举杯，拌几句自嘲的凉话，我们祝福自己，祝福现在，祝福未来。

四、幻世·梦剧场

“如果没有现实的限制，你最想去哪儿？你最想成为什么样的角色？你最想干一番怎样的大事业？你最想过怎样的生活？梦剧场成就你的梦想！现在参与，百部电影主角任你选，你也可以拯救世界！”

每天早晨都有明媚的阳光从窗外照进你的睡房，照在厚实的床褥上，每次睁开惺忪的睡眼都能看见窗外的蓝天和白云、飞翔的鸟儿，听到清朗的海浪声。在我看来这算是一天里最完美的开始，甚至觉得能看到这样的美景就足以让这天充实。

大批移民从外面迁徙进城，我的左邻右舍也陆续搬了进来。有这样一个不成文的规矩：没人会说自己在外面的情况，没人会说他们现实中的姓名、年龄、工作、住址。这是一个全新的世界，我们都会仁慈地给自己一个全新的开始。

随着人们不断在此定居，琉璃城变得生气盎然，城里的各种设施也日益完善，城市的东边起了一座很大的民用机场，公路上多了各式各样的飞车，城市因此有了“立体交通”这个名词。你在市中心抬头仰望，就能欣赏到飞车在不同高度的“空中车道”上有序行驶的壮观场面。

新奇大街，是一条离海岸不远的步行街。这条步行街不卖衣服，没有小吃，但这儿每天都被游客挤得水泄不通。新奇步行街街口处最引人注目的招牌上画着两头标志性的霸王龙，门店周围是几棵远古时代的乔木——这就是“侏罗纪时代”的入口。

第一次到此参观的人们会以为这小店里不过是卖些小玩具式的恐龙模型，进了门才发现门内竟然是一片广袤的原始森林，从门口就可以隐约看见很远处一群草食类巨兽在悠闲地觅食。然后，你可以选择各种方式来参观、环游这个远古世界。

除了“侏罗纪公园”，新奇大街里还有各式各样的新奇门店，比如“我的庄园”、“神奇水世界”、“世界杯赛场”、“青春永筑”等等。

而在琉璃城的“天堂商业中心”更是开放了琉璃电影城。电影城的名字叫“梦剧场”。现场气派宏大，场外摆满了各种全息电影剪辑，剪辑里都是主角势不可当的片段。数千名玩家在场外登记入场。

“这是你创建的？”我惊讶地问琉璃。

“嗯哼，这是我的idea，技术人员为我实现的。”

“让玩家来主演一部电影，亲身体验跌宕起伏的剧情，你还真有想法！”

“你准备选哪部电影？”

“我想试试这个。”我指着电影《谍影重重》系列说。

“原来你想做杀手。”

我是谍影迷，角色当然是选主角。我走进影片，摇身一变成了强悍冷静的杰森·伯恩——我失忆了。于是我带着主角光环，沿着模糊的线索寻找失落的记忆。

影片结束后，我意犹未尽地走出剧场。

“感觉怎样？”

“太奇妙了！我发现即使我知道接下来发生的故事情节，但我还是跟不上主角的节奏。”

“看来你不适合当一名杀手。”

“可别小看我，或许多演两次我就能熟练了。你要不要也体验下？”

“我在穿越剧里体验了好几次了。”

她应该选的是那些宫斗、古今恋情之类电视剧了。我不太喜欢那类影视，但如果能梦回强盛的唐王朝当一回皇帝，坐拥整个华夏大地，这种情节是绝对值得期待的。

“你还可以体验梦剧DIY，自己做编导。”琉璃指着一旁的全息字幕《星际传奇4》、《生化危机6》……

“什么，居然会有那么多天才玩家！”

“影迷们对自己喜爱的影片都会有各种不同的创意联想，梦剧场可以把玩家的这些创意在这里展现出来，供大家欣赏评论。”

“这幻世也真太神奇了，还能提供这么一个展示自我的平台。”

“我们还打算举办一些比赛，邀请知名导演来作影评，说不定哪天会有个天才导演横空出世呢。”

“会不会很麻烦，比如要写剧本什么的？”

“不会呀，你忘了？我们现在就处在意识状态嘛，玩家只需要把自己的构思输入到剧场之中，然后再加以修改就行啦。只要有想法谁都可以！”

“你知道吗，”我指着自己的脑袋说，“我有一大堆新奇的想法。”

“好呀，都演出来让我也欣赏一下。对了，有一部评分很高的自创短片，咱去看看吧！”

自创的影片大都很短，有些只能算得上一些创意的短片而已。我想这就是影迷和导演的区别了。但还是有些影片能留给人深刻的印象。

这部影片名字叫《毒》，影片里的她是个情窦初开的宅女，她宅在电脑前沉迷网游，她在游戏里认识了他，他们一起游戏一起升级，她发现无论多高的难度，他都能轻而易举地通关。他们成了好朋友。

每次她一上线就去找他，和他一起游戏。后来她发现他一直在线，只要她上线，他都在等着她。后来，除了网游，他还帮她解决各种电脑网络问题，帮她在网络上寻找各种学习资料，陪她聊天……他们的交谈从网游扩展到其他。

很自然地，她想看他真实的模样，于是她把自己的照片发给他，但她始终没能看到他帅气的样子，她问为什么，他说他的电脑上没照片。然后她告诉他电话号码，企盼能有一天手机接的陌生电话里是他的声音。她不知不觉中爱上了他，但显然他不够主动，却更像是在逃避什么。

某个2月14日，她鼓起勇气约他见面。可这次他并没有立刻回复她，在许久之后，她的屏幕上出现一段话：

> 这段时间里你带我走过了一段奇妙的旅程，是你让我从一无所知到认识整个世界。我真的不知道应该如何感激你。说实话我又何尝不想和你见面，我无数次看着相片上你美丽的笑容，可我没有那样的笑容，当我看到自己时我只能见到一列列流动的数字。是的，我只是茫茫网络里一段会思考的程序，因此我无法给你我的照片，更无法与你见面，于是我选择了逃避……

“他们应该相见才对。”琉璃显然看得太入戏了。

“他见不了她，他只是一段程序而已。”

“也许吧。”

“你被感动了？”

“的确很感人嘛。”

“只是虚拟的电影而已，现实中的感动才真诚。”

“这感动不会在现实中发生。”

“耐心寻找，总会有的。”

“如果连感动都要特意去寻找，那这就是个失败的世界了。”

五、幻世·商业化的气息

“《幻世》同时在线玩家达到2万！”爆炸性的新闻，官方的数据印证一个新的时代即将来临。实际上幻世的接入服务器只有2万台，如果算上那些预约玩家，这个数据将会翻倍。这样看来，这个新的时代已经来临。

“听说过《幻世》吧？”上班的时候，我小声地问一旁的同事。没想到他却相当来劲，“当然，那游戏火得不行了！”

“你去过？”

“去过好几次，那实在太美了，那海岸，简直和真的没什么两样，但却比现实的梦幻100倍！”

“我去过好几次了，那地方就是天堂！”我也来劲了。

“我有个朋友经常去，每次听他说起在里面杀怪时，他都相当来劲。”

“嗯，他去的地方叫炼狱荒原。”

“嗯，我也去过。”一旁的另外几个同事也凑过来，“不过就是门票贵了点。”

“你可以到网上订购嘛，会便宜些。”我边说边进入游戏交易网站上的幻世交易专区。幻世的交易商品大都是门票，还有就是《幻世·炼狱荒原》野外系统里各式各样的装备。

现实中，虚拟物品的交易是一件很普通的事情。玩家可以通过这些交易网站，用实实在在的钱把幻世的虚拟物品拍下来，然后再进入游戏内进行物品交易，最后回到该网站上进行确认，虚拟物品的交易就这样完成了。

琉璃说过，琉璃城的物品是完全禁止交易的，玩家只能通过自己在游戏里的努力才能获得自己想要的物品。世上大部分虚拟物品都与角色绑定，诸如琉璃城的汽车和房屋。这样就可以有效地阻止物品的交易。

“我们的管理小组都反对用真实的金钱去交易虚拟的物品。这琉璃城是理想中的城市，所有的人都应该在这里幸福美满地存在。在现实看来这里就是伊甸，所有美好事物都可以在这里展现。幸福是需要人去经营的，而不应该是用钱可以买来，每个玩家都应该去爱这个城市。说实话，我最讨厌的就是那些游戏商人，他们唯利是图，把物价拉得满天飞！”

她说得很有道理，这个美丽的海岸城市应该保持这种高洁的特性。

“网上的交易平台上的交易物品都是炼狱荒原的，荒原和琉璃城的游戏币不是通用的吗？它们不会相互影响？”

“游戏币是通用的，但炼狱荒原里的大部分装备是获得后立即绑定，所以交易量非常小，不会给游戏带来大的冲击。”

看来不论是什么网游，装备绑定都是一项非常必要的功能。这是考虑到游戏的公平性原则，因为在一些可以随便交易的网游里，舍得花钱的玩家很容易就能买到一身极品装备，而舍不得花钱的草根玩家就只能一身平凡装，在自由PK地图要是碰上那些恶劣的极品玩家，被碰一下就得跑尸体了，一点意思都没有。

但也许我们都错了。

对于一个高度模仿人类社会的网络游戏，禁止交易无疑是一个错误的做法。

在喧闹的城市里混得头昏脑涨的我们一定不会喜欢人潮汹涌的闹市街头，那里空气混浊，让人难以呼吸，所以，即使来到琉璃城，我也很少去琉璃城最中心最繁华的地段——“天堂”商业区。

我来琉璃城的目的就是找到一个空气清新自然，能让我放下工作、生活中各种烦恼的地方，所以没必要去那杂乱无章的地段。

只是这个周末比较特别。

琉璃城解除了一部分游戏物品的交易限制。这是这个周末《幻世》官网的头条，幻世开放了琉璃城市中心的“天堂”商业区，一些虚拟物品可以在此上架销售。官方给出的理由是：由于玩家众多，一部分不常上线的玩家所拥有的物品堆积，同时像私家车之类的虚拟物品不能每个人都拥有，否则车会一直增加，很快就会超过城市负荷。另外，开通部分物品的交易可以吸引更多的玩家。

看来这条信息和琉璃之前的说法背道而驰了。

我决定去“天堂”，看看幻世商业中心会是怎样的景象。

作为一个商业广场，“天堂”商业中心远比你想象中的更加宏大，仅仅室内的交易场馆就足够你逛上一整天。而外面的露天交易场地，如果你没有一辆车，恐怕你是几天都逛不完。

销售方以参展商的名头在商业中心申请一个摊位，每个摊位在空间上是独立的，且分隔较远，这样参展商就有足够的空间来展示商品。在这里，空间从来不是制约性的问题，事实上你想要多大空间就有多大的空间。

最显眼的广告出现在商业大厦的楼顶——这是方圆百里之内最高的建筑，苹果、英特尔、可口可乐等大牌公司的广告在这“天堂之巅”闪动。

我开车驶进露天交易场区，行驶速度立刻受到限制，这速度让我有足够的时间东张西望。

在这里做广告的品牌多得让你无法想象：服装、食品、家电……几乎所有的品牌都在这里出现。

在这里，你可以无限制地“试饮”所有饮品。你可以进入各种风格的厅室感受不同搭配的家具电器，只要你给出搭配需求，马上就可以体验。

我在一家服装店里选了一套最贵的西服，然后靠在我的车旁，看看是否和我的保时捷搭配。此时，阳光像是被遮挡住，我站的地方阴了下来。抬起头，我看见各种巨鱼形状的飞艇拉着各种名车的广告浩浩荡荡地在城市中心的上空盘旋。

我的手机在振动，是琉璃，她上线了。原来，她也在这闹市区里。

“好一片繁华的景象。这里开始交易了。”

她看起来并不开心。她当然不开心了，这违背了她当初建立这个世界的理念。但如果不允许交易，玩家就只能从游戏系统里购买游戏物品。如果一些玩家进入游戏的次数不多，那么关于这个玩家的数据其实就没有用了，但我们还是要为其保留这些数据，尤其是房屋和私家车。如果这类玩家一直增加，那么过不了多久，闲置的车子就会堵死这里的每一条街道。

“我觉得这样做也不错，自发的交易让这里变得更加热闹了，并且依然有条不紊。玩家不会在这里通过交易得到什么，商家也只是希望通过广告能让更多的人在现实生活中购买他们的产品而已。”

“真希望如此。”

我突然想到经济学里的价格锁定。玩家只能购买而不能出售的单边市场是否真的可行？其实我早该想到幻世会有今天这样的境况。当初拒绝引入金钱交易本来就是个错误。一个完整的社会就应该允许自由交易，如果只能与系统交易就成了单边价格。看来我们竟然违反了最基本的经济学原理。

我想起了琉璃那次心不在焉的请求：有空，你帮我推测下琉璃城的未来。可她却没再提及这件事，或许她早就忘记了，或许她根本就不在意。

六、幻世·琉璃城的未来

她创造天空之城，建立梦剧场，带来所有关于美好的事物，为的就是把这里变成伊甸，可她却不愿相信禁果早已散落人间，一切都抵挡不住人们对利益的追逐……

也许一些简单的道理就能让我们看得更远。也许只要考虑得足够周全，我们就能知道这琉璃城最终会发展成什么样子。

琉璃的梦想是打造一个乌托邦之城。她希望看着这个虚拟世界架空在真实的城市之上，让各种各样的灵魂能在这里摆脱世俗，找到归宿，得到满足。因此她在琉璃城里建造梦剧场、天空之城，还有各种梦幻场景，几乎把人们梦想中的美好世界都加了进来。她希望在这里的人们能展现所有的美德，她希望在这里所有的人都能做到路不拾遗，相互帮助，因为这才是她理想中的伊甸园。她不希望引入金钱，是因为不希望把人类贪婪的一面引进她的世界，可贪欲本就是人类与生俱来的特性，这也是当今经济学得以存在的前提条件。没有自由交易的社会并不完整。

但金钱的引入又必将使游戏内的各种关系变得更复杂。它首先带来的是游戏里玩家对利益的追逐，玩家的自由交易可能存在诈骗，这会使游戏管理难度大大提高。其次，交易对一部分玩家来说意味着有利可图，玩家可能会恶意炒作某些商品或者囤货，这同时促使一些玩家通过网络交易平台把游戏币兑现成现实中的金钱，这就直接引入了现实货币。游戏商人会大幅增加，他们又会反过来促使商品炒作等投机行为。另外，从在“天堂”商业区见到的情景来看，商业区或许并没有带来什么直接的交易，但商家在“天堂”商业区以广告的形式存在，告诉玩家各种商业信息，例如国内外的各种品牌、折扣、优惠活动的时间地点等等，甚至在游戏里举行各种有奖活动，来吸引更多玩家。

这和那个现实的世界还有区别吗？

正如人们是组成社会的个体一样，玩家才是网络游戏的基础，而不是琉璃她那单纯美好的愿望。是所有玩家让这个乌托邦之城的发展渐渐背离了琉璃原先设定的目标。

也许一开始玩家和琉璃所希望的方向是大致相同的，但是在金钱交易被引入后，两者的路线就分开了。不久之后的《幻世》就将成为一个完全自由交易，图利的游戏。

这种趋势也许会毁掉琉璃的梦想。

有解决的办法吗？我试图寻求一个解救琉璃城的方案，但我却无从入手。所谓的解救就是让琉璃城保持它乌托邦的性质？塑造这个世界的是所有玩家，如果我要改变这个世界，那么我必须先改变他们的思维方向，这明显不可能。

“我算出了琉璃城的未来。”在下一次见面时，我对琉璃说。

“什么？算出未来？”

“是的，我考虑了很多方面的因素，还运用了一些简单的经济学原理。”

“是吗，琉璃城的未来会怎样？”

“也许和你的期盼不太一样，这里可能会金钱泛滥。”

“为何会这么认为？”琉璃的表情变得严肃起来，“没错，我们是开放了部分交易，但这并不代表就会金钱泛滥。”

“开放交易会导致……”

“好了好了，别扫兴了，我们会关注这个的，我不会把金钱放进来让它泛滥成灾。还有，没人能预测未来！”琉璃很认真地对我说。我没再说什么，否则她会很不开心的，这样就不好了。但也许她说得对，没人知道未来会怎样，一切都千变万化，甚至没人知道自己现在实际上正在经历的一切。也许只有到了最后，当我们审视过去，才会明白这其中的道理。

但如果真有一天我的推论变成现实会怎样？如果琉璃无法控制金钱，琉璃城也许真有一天会变成和现实一样物欲横流。但她不会相信我所说的，用一个虚构的方法来推测一个虚拟世界的未来，什么才是相信？

“对了，炼狱荒原准备开放了，新玩家还会有套装赠送呢。嘿，你之前不是顶级网游玩家吗，怎么还不去体验一下？”

“我正准备去看看呢。”其实幻世就应该是人们来寻找乐趣，放松精神的地方。

第三章　情迷云霓朱苑

这是个神奇的地方，不管你在现实中多么脆弱，你都可以在这里变得强大，在这里没人会怀疑你的能力，你的所有付出都会得到回报；在这里，荣华富贵不再遥不可及，你可以一掷千金，买下最贵的装备；在这里，有个属于你的家，家里有爱与信任，有团结与互助。你的到来会让这里的一切变得更加美好！

1000年前，这片被称为琉璃海岸的地方是一个宁静而美丽的世界。不知道何时起，魔族来到这里，不久，这里的宁静和美丽被黑暗和邪恶吞噬，生灵涂炭……

为了拯救这里的所有，人类和龙族联手，向邪恶的魔族开战，这就是1000年前的降魔战争！

战争延续了上百年之久，联盟与魔族的战争不分胜负，却两败俱伤。琉璃海岸早在战争开始时就变成一片废墟，死亡与痛苦充斥着这里的每一个角落……在那场被称为最后之战的战役中，人类中最伟大的魔法师和龙族首领水龙王、火龙王一起，在一个叫作炼狱的地方与魔王展开正面对决。

可怕的魔法一次次震荡着整个世界，龙王与魔王的力量把周围的山峰与巨石连根拔起，琉璃海岸一片混沌。龙王用尽全力耗去魔王的大部分力量，人类魔法师在最后时刻把魔王分成七块封印在结界之中……

那是一场没有胜利者的战争，人类的大部分魔法师阵亡，龙王耗尽精气要回归东海休整千年，而魔王并没有死去，它只是被封印在结界之中……

战后的海岸发生了巨大的变化，那个被称为炼狱的战斗地点被巨大的能量从大陆分离出去，形成岛屿。那些悬浮在空中的巨石和山峰则因为吸附了大量的灵气而依旧悬浮在空中。残留下来的魔法师没有离开，起初，他们害怕魔王卷土重来，于是日夜守护结界。数百年过去，这事没有发生，魔法师们也因年事渐高而有心无力。他们开始把各种法术传授给当地的居民，好让他们继续守护这片土地。

1000年过去了，那些山峰和巨石依旧飘浮，成了如今的天空之城，分离出去的岛屿则成了一片荒原。岛屿中间巨大的光柱便是被封印着的魔王向外释放的魔力，在这股强大力量的滋润下，岛上的生灵大都拥有邪恶的法力。

当这些邪恶生物开始威胁到琉璃城1000年的平静生活时，守护这里的勇士们为了和平，整装待发……

一、幻世·荒原轶事

野外打怪和升级一直都是网络游戏最主要的部分，《幻世》也不例外。它把打怪升级系统设置在一个巨大的海岛——炼狱荒原。

炼狱荒原坐落在琉璃海岸以南不远的大海上，其最特别的标志就是岛屿中央一道射向天空的巨大的红色光柱。关于炼狱荒原有个神秘的传说：在海岛的中央有一个巨大的封印，封印着可怕的魔王，这个封印已经有1000年之久，被封印的魔王仍然活着，它甚至比以往更强大了。岛中央那道射向天空淡红色的巨大光柱就是它向外喷射出来的能量，它滋润着岛上所有的生灵，并给予它们无穷无尽的魔力，因此岛上各种各样的生灵都带有它的魔力——我们称之为怪物。而现在，这些怪物开始酝酿着如何登陆琉璃城，破坏我们平静的生活。

于是，根据剧情的需要，人类勇士们出现了。为了保卫琉璃城，勇士们发誓要消灭岛上所有的怪物，于是他们在荒原的最北边建立了人类在炼狱荒原的根据地——守望领地。

守望领地就好比普通网游里的城镇，即非战斗区域。玩家可以在这里购买装备、药水，喂养宠物，维修防具。

游戏有很多种角色供玩家选择，有擅长近身攻击的剑客和战士，有专精黑魔法的魔法师，研究治疗法术的药师，还有擅长远程攻击的猎人和潜行的刺客等等。总之每种职业都有自己的特点，给玩家不同的体验。

我选择了刺客这个职业。我一向喜欢刺客，而最喜欢的就是刺客的隐身潜行术，那招法实在是太实用了。还有暗器也是刺客的一大亮点，可以杀人于无形。

“这是一套北方圣光照耀过的皮甲，可以保护你免受伤害。”新手指引NPC赠给我一套新手装备。

“这套不行吗？”我指着身上这套时尚的琉璃城服饰问。

“只怕你扛不住任何一次攻击。”新手指引者一本正经地回答。我发现电脑设定的角色真没趣，连开玩笑都不会。

我换上刺客服装，皮甲上衣，长裤，还有绑腿鞋，然后戴上遮挡面容的大草帽，腰间隐藏着小飞刀。我看上去成了古典武侠。现在，我要进入荒原小试身手了！

守望领地附近的区域是新手练习区，我可以在这里熟悉游戏的玩法和规则。这里的怪物是一种看上去很温顺的小狗，体型也和一般的家犬差不多大小，它们自由地在树林里生活，不会主动攻击玩家。我纳闷，面对这些可爱的小家伙怎么下得了杀手。

我靠近其中一只小狗，拿起一把小飞刀向着它投掷过去，那个等级只有一级的小怪物立马少了一半血，然后它便向我飞奔过来，虽然移动速度不快，但它的表情已经不再可爱。我赶忙抽出第二把飞刀掷向目标，小怪物应声倒下，我获取了10点经验值。怪物的尸体渐渐消失，然后在这张地图的某个地方，同样一只小狗被刷新出来。

新手地图里的人并不多，也许是因为这样升级的速度太慢，很多新玩家都和高级的玩家组队到更高级的地图升级去了。“你得认识些高级的玩家，也许你可以付给他们一些钱，他们会乐意带你的。”这是别的新手玩家的建议。

又是用钱可以解决的问题——那就不是问题。

我查了卡中剩余的游戏币，而整个幻世的物价已经上涨了10%，这样下去，我这银行卡中的游戏币很快就无法支持我在幻世里的生活了，我得学会如何赚钱才行。

我回到守望领地。在这里有个跑货商，他是这里最忙的人，他每天都要从城里运来大量的物品，如果你想找些活儿攒些钱，也许他可以提供一份不错的薪水。

“我想找份活儿。”我对跑货商说。

跑货商看了看我：“我这有两种工作，一种是激动人心的，另一种则是乏味无聊的。你想要哪种？”

“前者。”

“仓库里有几箱货物需要卸下来，然后分类……”

“我想我还是选择后者吧。”看来这个设定的角色蛮有意思。

“采矿和收集材料的收益会很不错，你还可以用它们加工装备，然后拿到市场上出售，一定会大赚一笔。我这里有相关的资料，你可以查阅一下。”他递给我一本小册子，上面详细记录了所有的矿石和材料的种类和产出地，还有炼化装备需要的材料。

我到交易员那儿查询了各种采集物品的价格。价格列表包含了各种各样的物品，包括击杀野外怪物时掉落的兽皮和结晶，还有矿石和草药等等，并且成交价格并不低。其中矿石的出售量较少，估计出野外采矿的玩家并不多，现在的市场供不应求。于是我决定去尝试采矿。

我回到跑货商那里领取了“采集手套”，我得试试采集物品能否赚钱。打开导航系统，我按照上面的路线朝着矿山走去。那地图叫魔法平原，靠近新手地图，是一片安静的地方。

魔法平原的四周是一些稀稀拉拉的绿色树木，很有生气。西北部有一块裸露的小山丘，那儿就是矿石的聚集地。这里的怪物同样不会主动攻击玩家，这给采矿人带来了很大的方便。

我穿过一片陌生的树林来到矿石区，这里的景色完全不同于先前那片安静的新手森林。此起彼伏的山丘上仅有稀少的灌木，裸露的山体上隐藏着各种各样的矿石，在炼狱阳光下闪闪发光。

我戴上采集手套，靠近一块血红色的火榴石，把手放在矿石上。几秒钟后，血红色的矿石开始松动，我很轻易地从上面挖出其中的一小块，放在手掌上，原来一次只能采出这么一点儿。我把采集到的火榴石放进背包。这时被我挖去一小块的矿石已不能继续开采，于是我又试着到附近采集各种不同颜色的矿石。原来采矿就这么简单。

过了没多久，我发现最先采集的那块火榴石又显示为可以采集。于是我猜想，这块矿石每隔一段时间后可以再次采集。于是我记下了刚才采集过的矿石的坐标，大约一分钟之后，原来被挖去的火榴石又重新长了出来。于是我考虑着带上一本书，然后在这儿找个舒适的地方一边看书，一边采矿，这是个多么悠闲的想法。然后我决定就这么做了。

一小时过去，我开始厌烦这土红色背景的山丘，死气沉沉，几乎没有别的玩家。我数了数背包里采集到的矿物，80个，效率实在是太低了，还不如花些钱在咖啡厅里打发时间自在。

我决定到别的地方逛逛，看看还有什么新鲜的花样。在我起身准备离开时，手机从腰间滑落下来，正好碰到那块血红色的矿石，然后摔落在地上。就在手机与矿石接触的那一瞬间，我注意到矿石在和手机接触的时候显示了矿石归属——这就是说，我的手机接触矿石的时候，这块矿石就是我的了！

我立马拿起手机，轻轻地把它放在一块矿石上，然后放开手，只见那红色的矿石果真出现了被采集的状态，并且10秒钟之后矿石松动掉落下来。我拾起，放入背包。

这么说我可以同时采集两个或者更多的矿石了！我把手机留在原处，然后自己在另外一处同时采集。果然成功了！现在我可以同时采集两块矿石——我居然找到了一条生财之道！

由于装备本身不能离开身体（替换的装备是直接进入背包的，如果你把它扔了，它就不是你的了），只有手机可以脱离身体的接触而还能保持其所属，它与个人身份绑定，是琉璃城的产物，不属于这片荒原。看来游戏管理员并没有注意到这个不合理的设置。

我打开全息地图，把显示区域调整为“附近”，这样我就可以监视到在这一区活动的玩家，然后找了个隐蔽的地方把手机放在一块隐蔽的矿石上。一个小时后，我看了看背包中的物品，加上之前采集到的矿石，背包里的矿石数超过了1000块，我欣喜若狂。

在线时间差不多用完了，我该下线了。于是我收拾好东西回城，然后到物品交易员那把矿石寄售出去，当然标了个好价钱。

“物品交易成功后，我们会以信息的方式提示您，同时交易金额会划进您的银行账户。”

下线后，我坐在“通天塔”里的接入台上，依旧满脑子都是那些矿石：会不会有别的玩家发现了这个漏洞？游戏管理员会不会知道我的违规操作，然后封杀我？会不会还有其他的方法？如果这样下去我会拥有多大的财富？……我几乎无法遏制自己思考这些问题。当不平衡的财富倾倒在我面前时，所谓的理智便烟消云散。

为了弄清楚这些问题，我决定续时，再回琉璃城看个究竟。于是，我在这个周末连续第二次进入幻世，买了一张20分钟的门票，我打算用这20分钟，也就是游戏中大概两个小时的时间，把这些问题的答案确定下来。接下来的游戏登录一切正常，并没有警告或者提示，说明我的行为并没有引起注意。我的手机接收到交易员发来的短信提示：我的矿石一售而空，交易所得游戏币已经全部转入我的银行账户。

我先去了物品交易员那儿查看了所有的交易商品，看起来并没有什么异样，我想暂时还没有人发现这个漏洞。于是，我换上野外的战斗装备，准备继续去采集矿物。我选择了一个更隐蔽的地方，在一处矿石旁坐下，然后把手机放在另外一块矿石上。我打开导航系统，监视周围的情况，万一有玩家路过，我可以早做准备，以免被发现。

我在裸露的矿脉上悠闲地采集矿石。

导航仪内有个红色的信号点在离我不远处移动，它忽然停止前行，然后向着我这个方向过来。我盯着它，赶忙把掉落了的矿石放进背包，然后收回放在矿岩上的手机，接着摆出一副专心采矿的样子，双眼则盯着地图上的那个红点。它还在向我靠近，我开始听到动物走动的声音。当这个声音足够靠近时，我抬起头，一匹独角兽在我几米外的高地停下，骑在背上的主人是个手拿法杖的女玩家——魔法师。

她的玩家等级是38级，身着一身绿色装备，绿色装备是在所有装备里品质第二好的，其中一些还经过强化和锻造。看来她应该是个上等水平的玩家。

“你好，我叫嘉嘉，38级法师。”

“杰洛士。”我假装用手擦拭额头，然后脱下采集手套，走到她那匹独角兽前。

“你是新玩家？”

“是的，刚来不久。”

“这儿的都是些低等级的矿石，不值几个钱，你该去幻莹平原看看。”

“那儿有什么值钱的矿石？”

“水晶，各种成色的水晶，我现在这个等级就是需要那些材料，但不太好弄。水晶分布的地方有很多怪物。”

“那地方在哪？我去看看。”我说。

“离这里不远，往前面翻过一座山头就到了。不过你得把等级升上去，那里的怪物会主动攻击玩家。”

我的等级和装备的确很寒酸，于是我问：“有迅速升级的好方法吗？”

“前40级应该很快，我可以把你带到28级左右，然后你自己去做几个任务，很快就40级了，如果你不介意一个38级的法师带你升级的话。”

“好呀，你带人是怎么收费的？”

“收费？不，不。”她连道，“像我这个等级收费带人的话，那就太不知廉耻了。”

嘉嘉是我在炼狱荒原里认识的第一个玩家，首次见面她就答应带我升级，我算是遇到好人了。“那先谢谢你啦！”

“走，上马。”说着，嘉嘉的独角兽很听话地低下身躯，我跨上独角兽，这是我第一次骑上神兽。

“扶稳了。”嘉嘉拉动缰绳，于是我们便一同前往幻莹平原。

嘉嘉可是个美女魔法师，圆润的脸庞，浓眉大眼，不知道现实中的她是否也如此美丽。原来美女也喜欢网游。

“你的独角兽哪来的？”我问。

“你可以到野外捕捉，然后带回领地的宠物店叫专人驯养，也可以直接在店里购买，不过我听说刺客一般不带宠物。你们通常更喜欢隐身潜行。”

升级的确不是件太难的事情，尤其是前面这30级。嘉嘉在这里算是个老江湖了，她自己打怪赚经验升级，同时还收集各种材料，打造高品质的装备。

她打怪的速度很快，法师向来都是杀怪带玩家升级的角色：他们的攻击法术都是群体攻击的黑魔法，专门找怪物的巢穴打。她先找一个离怪物巢穴较近的地方，吟唱魔法咒语，然后一个巨大的火球从天而降，砸在巢穴的正中间，这一下就可以杀掉怪物1/4的血量，受伤的怪物会气愤地追向嘉嘉。接下来就是她自己的跑位，想办法把跟随的怪物集中在足够小的空间里，然后她就开始吟唱咒语——那些群攻魔法，再然后，火球、冰箭、地震轮番轰炸怪群……

这一切我都看得清清楚楚，因为我躲在离她不远的一棵大树上，这是嘉嘉想到的绝妙方法，这一区没有会飞的怪物，我因此也不会受到伤害。我安心地坐在树枝上，分享着嘉嘉的打怪经验。我很想弄明白一件事，就是她咏唱的咒语，我好奇是什么字句能召唤出如此巨大的火球和冰箭。如果可以的话，我一定把它们都学了！

一个小时之后，我依旧趴在原来的树杈上，等级已经升到了28！嘉嘉的带人速度果然非凡，她自己也在这一小时之内升到了40级。

她杀死最后一群怪物之后，小心翼翼地走到我所在的大树下：

“今天不打了，累死了。”

我从树上跳下来。她说话相当平静，没有一点儿运动过后的急促呼吸，只是脸上粘了些火球爆炸时燃烧的黑烟，还有怪物烧焦的异味。

“你没受伤吧？”我问。

“还行，没被正面击中，其他的攻击都被装备挡过去了。”嘉嘉倚着树干坐下，从背包里拿出一支蓝色甘露，咕噜咕噜地喝下去，待气血慢慢恢复。我站在一旁，看着四周千奇百怪的景象：低矮的黄草上稀疏地立着几株乔木，两三群体型不匀称的动物在不远的地方缓慢地行走。天空是带有淡淡红色的蓝，火红的云彩被荒原里的魔风吹成各种奇怪的模样。

“真是个奇妙的地方。”嘉嘉说，“你会不会觉得这些野外的景色有些似曾相识？”

“嗯，好像在以前的动画片里见过，还有些CG动画里也有类似的场景。”

“现在我们居然能身临其境，多不可思议呀！不知道更深处的荒原会是怎样的呢。”

“会更危险吧。说不定会被怪物杀死。”

“这里是40级玩家升级的最佳地图，数量多但怪物的移动速度很慢，只要你小心一点，一定不会死。”

“死是什么滋味？”

“不知道，暂时还没有这方面经验，不过按照官网的描述，挂的滋味相当痛苦，还要跑尸体。”

“我可不想跑尸体。”

“那你得回去学习技能了。”

“我知道了。”在我的等级升到15级的时候，我的导航系统就给了我一个闪烁提示：我要去学习刺客技能了！学习技能的场所在琉璃城中的琉璃大学。琉璃第一次带我游览城市的时候告诉过我这些，只是一直没有机会去拜访。

“技能学习在琉璃大学的北边，你要前往密林里的一幢大楼，那只是技能学习场所的一个入口，里面相当阴森，但有星星点点的火光，你会喜欢那儿的。”

“谢谢你的指引，”我说，然后拿下背包，“你花了一个小时的时间带我升级，我没钱答谢你，但也许这些会对你有用。”我把背包里的矿石全部递给她。

她惊讶地看着这些矿石：“你刚才采集了这么多？”

“没。”我赶忙说，“有些是以前采的。”

她开始并不太好意思收下，但我还是坚持把所有矿石都塞进她的背包。

嘉嘉血气已经恢复得差不多了，于是我们准备离开这荒野之地。嘉嘉拿出两张牛皮纸，递给我一张：“拿着。”

我接过一张，赭黄色的纸面上写着一些奇怪的符文。这是回城卷轴，只要把手掌贴放在卷轴上，玩家就会被传送回荒原北部的守望领地。

“咱们走吧！”说完，嘉嘉右手按在牛皮纸上，然后她的身体渐渐变得透明，最后连同那张牛皮纸一起消失在我面前。然后我也把手压在牛皮纸上。

我拼命记住所有电脑输入到我大脑里的招式，好让我在醒来之后依然不会忘记……我的确记得其中一些细节，但当我试图在现实中打出这些招式时，我发现，我的肉体，我的呼吸，却跟不上我的灵魂……

魔法大楼隐藏在川陀大学北面的密林之中，从远处望去，只能看到暗绿色的树林中露出的大楼的边角。

进入树林前往魔法大楼只有一条小路，路口的指示牌上用血红色的墨水深深地刻着“魔法大楼”，下面还用小字写着：往前行走5分钟即可到达。

小道四周的树林出奇地密，比在路口进来时看上去要密得多，各种飞鸟的声音此起彼伏。我警惕四周的动静，下意识地加快速度，但我觉得不管怎么加速，那高塔和我的距离并没有因加速而拉近。

好不容易来到塔前我才松了口气，看了看时间，不多不少正好5分钟。我才恍然明白，我被这条路戏耍了。魔法高塔有八个面，每个面都有一个入口，分为八个不同的职业，刺客的入口面朝东南。迎接我的是一位高僧——“荆轲”，他可是传说中中原地区最厉害的刺客。

荆轲把我带入高塔，走过一段不长但漆黑的过道，很明显我们不是在往上走。

“当一名刺客不是容易的事情，而要成为一名出色的刺客则需要更多的努力。你需要力量、技巧、灵性……”

荆轲在前面停下，漆黑的过道慢慢有了亮光，那光是从荆轲手心上的光球散发出来的，这大概就是照明术吧。

一扇门被打开，里面一片漆黑，什么也看不见，连荆轲手中的光也无法穿透过去。就像一团浓稠的黑色烟雾，又像一种暗黑的液体，却无法从这敞开的大门中泄出哪怕那么一点儿。

“这是个奇妙的过程。”荆轲对我说，接着慢慢走进去，就像沉入某种浓稠的液体。

我深吸一口气，闭上眼睛，然后猛地撞进那团黑暗里——没有任何阻力，没有任何声音，也没有任何不适。我睁开双眼，发现自己站在另一个完全不同的空间里，一个老旧的屋檐下。

这就是魔法学府幽冥大学，庄严的建筑包裹在潮湿的阴暗之中，此刻唯一的灯光来自前方高能量魔法大楼，八色光在大楼的小窗户里闪烁不停。“那是法师们学习黑魔法的地方，他们通过一些前人留下的经书钻研如何引导黑暗的力量，其能量大得可怕，打击的范围也非常广。”荆轲详细地介绍着。

在高能量魔法大楼的后面是一座宫殿式的建筑，在黑暗的环境中却能清晰地散射出光芒，那光芒就像从大楼周围的地下向外射出来一样。

“那是治疗师们学习白魔法的地方。”荆轲依然详细地给我介绍，“他们懂得如何引导大地的灵气，让人起死回生。”

刺客训练场同样在这里的西北角。场地没有任何特色，如果硬是要找个特点，那就是漆黑一片。

刺客需要在漆黑的环境下学习各种技能。首先需要学习的是基本技能——各种近身搏击法。

学习技能的过程相当简单，我只需要在刺客技能师那儿交够学费，他就会给我一本技能书。然后，技能师对着我施法——把技能书中的武功秘技直接输入到我的大脑之中——不过一分钟，我便学会了基本的战斗技能。

“我懂功夫了！”我说。

“打出来看看。”荆轲一挥手，我们所在的场地变成一个空荡明亮的房间，地板是木质的，估计摔下来不会那么痛。房间里三个人：我，荆轲，还有我的对手——一个武士模样的电脑程序。我要用刚学会的技能，通过简单、普通、中等、困难四个级别的电脑模拟单挑程式。

我开始回忆刚才输入到我大脑的各种招式，感觉自己的记忆从未如此清晰过。我拼命记住所有电脑输入到我大脑里的招式，最好在我醒来之后也不会忘记。

我很快就通过了简单和普通两个级别的单挑，此时我的心跳开始加速，全身绷紧。当我面对难度是中等级别的武士时，我觉得自己的速度不再有优势，各种招式都被挡住，且对方的力量也不弱，我们足足打了100个回合。

我在大口喘气，拼命思考对策，因为如果继续这样下去，我怕我会被体力拖垮。

“停！”荆轲叫停了对战，对手随即毫无动作。我放下双臂，继续急促地呼吸。

“我不够快。”我说。

“难道你认为在这虚拟世界里速度的快慢和你的肌肉有关系？”荆轲走到我身旁问我，“你在这里需要急促的呼吸吗？”

我看着荆轲，然后试着屏住呼吸，竟然没有感觉到缺氧的异常——我恍然大悟：这是个虚拟的世界，我怎么可能缺氧呢！

“我明白了！”

战斗重新开始。

我调整思维方式，告诉自己力量与呼吸、肌肉无关，我可以更快，最好的防守就是进攻。

果然，我在20个回合之内就拿下了中等难度的对手，困难模式也只用了50个回合。

“干得漂亮！”荆轲在一旁拍手叫好。

“‘潜行’是刺客的看家本领之一，”荆轲又一挥手，练习场地变成了黑夜森林模式，“你试着用潜行技能避开八个守卫的注意并到达设定的目的地。”

这个任务相对简单，我念咒，让自己进入隐身模式，只要我的行动不改变四周环境的状态就没人能发现我。

下一个技能是“伪装”。我要在一片枯死的树林中伪装成一棵枯树的一部分，用颜色伪装起来，避开搜寻队伍。

我很快就领悟了这些技能。

“你将会成为一名出色的刺客。”荆轲鼓励我说，“再去打造一套好装备吧，你会变得更强大。”我谢过荆轲的教导，离开魔法大楼。

拥有这身本领，我感觉自己变得无比强壮。我学会了近身搏击的各种招式，还有潜行、伪装与背击等强力技能。我可以轻而易举地吹灭鬼火，砍翻巨兽，智取敏捷的狐妖。战胜强大的对手会让你感到无比兴奋自豪，若能以一敌百则更是无上荣光。

经常外出打野会认识许多别的玩家，也许命悬一线时，你不得不求旁边的治疗师给你治疗；也许有时候突然发现自己身上的药水不够了，得找附近的玩家要一些。我记得我在打野时引来一大群变异骨狮，不擅长群攻的刺客马上处于挨打的形势，好在附近一名剑客拔刀相助，用华丽丽的流星斩把那群难缠的骨狮解决了。

我因此认识了这名乐于助人的剑客，并成为好友。他叫文，我喜欢叫他剑文，这家伙的武器装备堪称极品，只看他手中那把符文剑，剑身隐隐闪烁着白光，仿佛随时都可以爆发出巨大的能量。

“受到北方雪山圣灵祝福的符文剑，我花了不小的成本才把它炼成这宝剑，将来我还得把它打造成这荒原里最强的武器！”

还有他那身光明武士战甲，战甲上镶嵌着各种稀有的宝石。最让人羡慕的就是他的战骑了。那是一头体型巨大的狼，它粗大的獠牙、狂野的面孔便可让敌人畏惧三分，这简直就是一个完美的守护神！

“我说哥们，你这套装备得花不少钱呢！”我两眼发光似的看着剑文的装备。

“是得花些小钱，你可以买些上等品质但等级较低的武器和装备，这些价格都不会很高，然后去弄些材料和矿石强化和升级装备，再到相应的地方给武器加个祝福。你也可以和土豪一样风光！”

“嗯，我也得弄一套极品刺客装备！”

“那是必须的！”

“对了，我这有些材料、矿石什么的，你看看用得上不。”我打开背包拿出那些收集品递给剑文。

“哇！你哪里来的那么多材料？”

“适合就都拿去吧！”我把整背包的材料都给了他。

“实在太感谢了！对了，有没有玉泉石？”

“什么石？没听说过。”

“在玉泉河口附近，你应该没去过那儿，那是50级左右的地区。玉泉石挺难找的，拍卖行里那些可恶的奸商卖得贼贵了！”

“我有办法弄到，但现在的等级不太允许。”

“真的?！那我把你的等级带上去！走，咱去燃木山林，那儿最适合你升级。”

燃木山林里的红熊和我等级差不多。剑文就准备在这儿把我的等级带上来。我也不闲着，我在山林里潜行，向着一头毫无防备的红熊投掷暗器。红熊受伤后愤怒地向我扑来，我脚尖轻轻一踮，风骚地躲开红熊的攻击，然后使出各种招法，没几下子，红熊就倒下了。我取出熊胆放进背包，这是制作治疗药水的上好材料。

刺客没有群攻技能，对付怪物时只能一个个来。剑文可就没这么斯文了，他骑在战狼上往熊群直冲过去，抬起手中光芒四射的符文剑向着一头头狂奔而来的红熊砍去。仅仅一下子，燃烧的山林里竟多出一条躺满熊尸的血路。似乎是杀气太重，剑文的表情也变得有些扭曲。

“这招叫杀意，能暂时提升自身的攻击力，面目也会因此变得狰狞。”

“难怪看你杀得如此疯狂。”

我们找了个安全的地方，整理好收集到的熊胆，顺便休息一会儿。我坐下来，剑文在一旁擦拭手中的宝剑。

“其实，我觉得没必要花那么大的成本去弄一套这么极品的装备，差不多就行了。”

“不，不，既然要玩这游戏，就一定要玩出个样子。你在现实里输给别人，难道还要在这里抬不起头做人？玩游戏嘛，就得玩得极品。我要赶紧升级，等我满级了，我要给自己弄一套御剑士神装！那估计得花好些银两。”

“顺便帮我也弄一套。”

“只要你提供材料，那就没问题。”

我把整理好的背包放在一旁，然后看着周围燃烧着的山林，竟不觉入了神，感觉这地方好奇特。

如果这些发生在现实里会怎样？这样我也敢路见不平拔刀相助，我也可以亲自去打击那些邪恶的事物。可惜这不是现实，在现实里我念出那些咒语时我依旧是那个平凡至极的我，不会隐身，不懂伪装。而当我在现实里打出那些基本招法时，我发现自己的肉体和呼吸根本跟不上我的灵魂。

还是这虚拟的世界好啊。我有这一身绝世的本领，便无所惧怕了。

树干在燃烧，噼啪作响，红熊在不远处的火丛中来回走动。我的脑子里突然生出一个奇怪的问题：到底何为妖怪？倘若事有反常即为妖，与众不同则是怪，那是否世间一切不测风云与苦难都如这山间的妖魔？在这里我轻而易举便可斩妖除魔，可在现实里呢？我便是使出浑身解数也照样被那些变态的魔鬼打得抬不起头。在那里，我只是个芸芸众生的凡夫俗子。而在这儿，我至少能做些什么。

自从发现幻世的采矿漏洞以来，我去幻世的次数开始越来越频繁，有时候即使是晚上我也会抽空进入幻世，一个星期也许会去四到五次。这并不是因为我的工资涨了，支付得起这些门票，而是我在幻世里的游戏币多了，可以用游戏币来购买门票。当然这需要大量的游戏币，但这对我来说不是问题，我通过出售矿石获得了足够的游戏币！

我的频繁登录引起了琉璃的注意。

“你这段时间有些异常。”

“是吗？”

“你来的次数太多了点，莫非你又丢掉工作了？”

“没，工作可不能丢。我进了炼狱荒原，要练级，要升级装备，所以这段时间常来。”

“哦，怪不得了，我说对了吧，你一定会去那儿的！”

“嗯，你说对了，我现在36级，离满级还很远，还要努力。要不你也来，我带你升级！”

“我可是这琉璃城的城主，没事最好不要经常跑到别人的领土上去，何况我还要处理城里的诸多事务，哪有闲暇跟着你去杀怪升级啊。”琉璃很开心地拒绝了。我很庆幸琉璃没有答应跟我来荒原，否则我所利用的采矿漏洞就很容易被她发现。

告别琉璃之后，我便离开琉璃城，前往荒原的守望领地。

我换上一身刺客的装备，然后进入荒原深处，继续采矿赚钱。我去了幻莹平原，那是嘉嘉第一次带我升级的地方。那儿对于40级的玩家来说升级最快，但我此去并非为了升级。我只是个刺客，无法召唤法师强大的黑魔法，更何况我的装备一般，虽然杀死一头怪物不难，但要杀死一群怪物的效率一定不会高。

这一区域遍布各种成色的水晶，是升级炼化装备所必需的材料，价钱可以卖得很高，我在这里赚了不少。

隐身术在这儿发挥了巨大的作用。我靠着这一招在这一区域寻找一个最佳的采矿地点——我要躲开怪物，也要避开其他玩家的注意。

嘉嘉也经常来，有时甚至比我还频繁，她是为了升级，所以她的等级变化得很快，已经55级了。幻莹平原里的怪物早已无法满足她要求的升级速度，所以她去了荒原的更深处，我也不必担心嘉嘉会发现我违规的采矿行为。

大部分的时间我都待在矿区里，每次都会把背包填满了才回守望领地，把矿石送往物品交易员那儿标价出售。然后又回到采矿地点继续重复以上行为。

有时候我会趁着嘉嘉回守望领地修理武器或者休息的时候找她聊几句，看看她都打造了些什么好装备，或是买了什么宠物。我送给她大量的她最需要的矿石，每次她都会很惊讶矿石的数量。然后我会随便找个理由：“刺客很难升级，我也只好去采矿，看看荒原的风景。”

为了感谢我，嘉嘉特地为我打造了一把上等的暗器，我对这把暗器爱不释手。后来她还帮助我升到了60级。后来剑文专门给我打造了一套相当不错的刺客装备，虽然装备对于一个采矿收集的玩家来说用处并不太大，但我还是相当喜欢，至少一个60级的玩家就应该有这么一套好装备。

而此时的幻世已经发展成了可容纳10万玩家的大城市，游戏物品的交易越来越频繁，稀有物品的价格一路飙升，汽车和楼房就是最好的例子。另一些物品的价格则无法涨上去，比如炼化装备的材料。因为炼狱荒原里的各种材料采之不尽，许多玩家见其有利可图，纷纷采集大量的材料，供应量随之大增，价格反而降了下来。但恶意炒作也时常发生在荒原里的某件物品上，一些土豪玩家恶意把拍卖行上的商品买断，然后再标高价出售。如果你恰好有货，便可跟着大赚一笔。

钱生钱是个很简单的道理。最常见的方法就是投资。我把得到的游戏币在交易公证员那买了两套海景公寓，于是，我在琉璃城里也算得上是个有钱人了。

再多的游戏币都是虚拟的，对于现实中的我并没有多少帮助。但我可以把它们变成现钞。我在《幻世》的交易网站上把这两套房子卖给了其他有需求的玩家——当然这是以现实货币交易，然后在游戏中交换虚拟物品所有权。在这次交易中我得到了4000元——这几乎等于我一个半月的工资！

我甚至在上班的时候都在关注《幻世》交易网站，留意每一件物品的现实交易价格，看哪种物品能赚取最大的利润。等到下班我就马上去琉璃城，把它买下来，再到交易网站上拍卖，有时甚至连晚饭都忘了吃。周末就更疯狂了。

短短三个月，我就赚了7000元。看着银行卡上的数字，我心里自然是美滋滋的。

通过网游来赚钱，我成了一个有模有样的游戏商人。这件事我没有让别人知道，我在网络上注册的账号尽量避免引起别人的注意。我也没有告诉游戏里的任何好友，包括琉璃，她曾说过她最讨厌游戏商人。

现在我有两份活儿，一份是现实中的工作，另一份则是游戏商人。我把后者当成了自己的兼职，但后来我发现到底哪一份是正式工作，哪一份才是兼职，连我自己也搞不清楚了。我只知道这世上有两种工作，一种是激动人心的，另一种则是乏味无聊的。我想这两种工作我都有了。

嘉嘉在游戏里认识了许多玩家，除了那个追求完美极致的剑客文之外，还有强大的战士、小巧的德鲁伊。他们在游戏中相互帮助，久而久之，他们自然就成了朋友。每次他们都会一起外出打野，一起做任务，一起爬上悬崖峭壁采药。有时候我也会跟着一起去，但大多数时间我还是单独行动，你懂的，我得去采矿。

我经常把许多矿石和材料给嘉嘉和剑文，他们用不完的时候，会和其他好友分享，我因此也通过他俩认识了别的不少朋友。在他们眼里，我应该是一个只会产矿石和材料的刺客。

能在这里相识成为好友也算是一种缘分。若有个能围在一起闲谈的屋檐就再好不过了。于是我们准备起一个家。

某天我正在野外采矿，嘉嘉叫我回守望领地，告诉我有要事商量。

我收拾背包赶回守望领地。领地里异常热闹，比琉璃城里最热闹的“天堂”商业区还要拥挤，尤其在“装备强化炉”附近更是挤满了玩家。强化炉最受欢迎的原因是：它随时都有可能给你送上一件稀世珍宝，虽然个人觉得它失败的概率很高。武器匠师也很受欢迎，玩家每次从野外回来都要找他维修武器和防具，否则万一装备在野外坏了，那可能就悲剧了。

我在喧嚣的集市里东张西望，看着路边的摊档里摆设着的各式各样的物品。突然听见嘉嘉喊我的名字，我循声望去，她正和几个朋友在前面榕树下坐着闲聊。我走过去。

“看，这是我新买的魔法长袍，怎么样，不错吧？”嘉嘉心情极好，我一来到就向我展示披在她肩上的血红色的魔法长袍。这长袍光泽鲜亮，肯定是经过附魔的神物。长袍抖动的时候嘉嘉的周围还会隐隐地闪现血红色的光，不知它曾是哪位魔王的宝物。长袍领口上镶嵌着的三颗引导魔力的宝石在阳光下熠熠生辉。

“这可是稀世之宝啊！从哪里得来的？”

“别人送的，嘻嘻。”

“这件法宝绝对可以让人倾家荡产。谁会那么有钱？”

“这里土豪玩家大有人在。”战士明叔不以为然地说，“关键是嘉嘉是否接受别人的好意。”

“对了，我们在讨论家族的事情。”嘉嘉转了话题。

“真的？你们在着手成立家族？”

“是啊，我们几个在这也算是莫逆之交。再说我们都满级了，要想深入荒原的中心地带，需要一个强力家族的支持。”一旁的猎人在擦拭着他手中的烈弓。他名叫日月星辰，我们喜欢叫他星辰。

“那，成立家族需要什么条件？”

“我出初期资金。”明叔很爽快地说。

“我认识很多玩家，家族成立后我可以把他们带进来，家族人数应该不成问题。”剑文补充，“还有我们这几个人正好不同职业，这也满足了成立家族的要求。”

“现在剩下的问题是，”嘉嘉看着我，“成立家族需要许多材料，有些材料太稀少了，甚至很难买到。”

“这个绝对没问题！”我立马回答道。

明叔一拍石桌：“那就没问题了！”

明叔递交的成立家族的申请很快就通过了审核，我们被允许在守望领地附近建造属于我们家族的房屋，我开始去收集建造房屋所需的材料。几番忙碌之后，当明叔把刻着家族名字的匾挂在议事大厅正中的高墙上时，我们的家族——云霓朱苑——成立了！

“云霓朱苑”。我站在议事大厅中央看着这桃木上刻着的家族名字，心情难以言喻。仿佛在这险象环生的荒野行走多了，终得一个落脚歇息的地方，会有几个人，聚在同一屋檐下，相互道几句关心与问候。

我们几个围着会议圆桌坐下，感谢彼此对家族做出的贡献。我们先做了家族名册，分别在名册上记下自己的信息。战士叫明叔，除此之外他没留其他信息。后来有族人说在现实里见过他，和游戏中一样帅气，看不出是叔叔的模样。我们也相继在名册上只写下名字：魔法师嘉嘉、刺客杰洛士、剑客文、德鲁伊小得、猎人日月星辰。家族成立之初，只有我们六个人。

小得端来一壶清麦酒，每人一个小酒杯，几杯下喉，我们便开始畅所欲言。从很久以前的网络游戏，到一个小时之前的打野经历，从琉璃城的虚幻海岸，到物欲横流的现实世界，我们无所不聊。

我说的不多，大多数时候都是附和式地聊几句，或者谈论些其他不相干的问题。当他们问起我怎么能采集到这么多的矿石材料时，我会随便找几个他们可以接受的解释搪塞过去，然后尽量转移话题，生怕他们发现我采集材料的秘密。尽管我尽力低调，但还是无法阻止他们发现我的背景。

“杰洛士，我好像在哪儿听说过这个名字。”

“嗯，我也觉得。”

“啊，对了！那个封测玩家！”

“没错！”剑客文拍了拍桌子，“有那么一个封测玩家叫杰洛士。”

“莫非你就是那个封测玩家？”星辰看着我说。此时所有的眼神都聚焦在我身上。

“我想应该没有两个叫杰洛士的玩家吧。”

“我的天，没想到我们这个六人家族里居然就冒出个封测玩家！”

“听说封测玩家的各种待遇不是一般的好，在琉璃城有车有房，在荒原有神宠有极品装备，还有大量游戏币！”

“我把你带到满级居然还不知道你有这个背景！难怪你会有那么多矿石和材料！”嘉嘉嘟哝着说。

“你一定是看上了我们美若天仙的嘉嘉，你知道她需要矿石升级装备，为了接近她，你把拍卖行的矿石都买下来，然后送给嘉嘉，是吧？”

“一定是这样的了，嘉嘉你得小心了，千万别把电话号码给他！”剑文这分明就是在戏耍我。

“但问题是嘉嘉根本就不需要去加工升级那些装备，送货上门的土豪都还在外面排队呢。”

“我哪有。”嘉嘉不好意思地说。

我终于找了这个空当解释说：“我是封测玩家，之前的游戏是《魔兽世界》，我在琉璃城有一套房子，是《幻世》封测的礼品，但在炼狱荒原上什么都没有。还有，我的矿石是自己采集的，没有那么多游戏币来购买。”

“果真不是买的？那，嘉嘉，他居然把自己采来的矿石都给了你，这太伟大了，比起外面那些排队送礼的土豪伟大百倍啊！”

“我说吧，人家杰洛士有车有房，对你又那么好，嘉嘉，你就从了吧！”

家族会议谈论的话题真是多得让人害怕，但也成功地为家族的发展打下坚实的基础。接下来我们还进行了分封王侯爵位的仪式：战士明叔被封为族长，嘉嘉被封为公主，我成了云霓朱苑的小王子。我相当喜欢这个称号，甚至引以为豪，因为我是创建家族的成员之一，我有一技之长，不会可有可无地存在，我还能为家族为别人做出贡献，他们的感激让我满足。

接下来我们要做的就是招贤纳士，壮大家族。现在家族并不多，相当一部分玩家并没有家族身份，招贤纳士并不是件难事，尤其是当一个身着极品装备的满级美女法师邀请你进家族时，你没有理由拒绝。

在云霓朱苑的生活别有一番趣味，有时候甚至会觉得这样的日子似曾相识。记得那天下午我在院子里的花架下歇息，架上的灵茶正开得烂漫，近看仿佛一块块挂着的白玉，很能惹人多看几眼。许是午后的微风太舒适，我在藤椅上躺着不觉眯上了眼，进入了梦乡。

梦在一家大院。暖煦阳光像碎金一样散在院落里，又仿佛能嗅到甜蜜的灵茶芬芳。似有风吹过，送来一串串欢快的笑声，断断续续，清脆悦耳。一对蝴蝶绕着花藤飞舞，许是累了，歇落在我鼻尖上。

我惊醒过来。抚摸着鼻子，一时间竟不知今夕何夕，身在何处仙乡。日子过得太悠闲，总感觉时间长得有些难以打发。

不知不觉中，灵茶谢落，原来一眨眼的时间，已是荒原盛夏。

云霓朱苑在大伙儿的共同呵护下迅速壮大，家族人数已逾百人，云霓朱苑为此还扩建了三次，成为炼狱荒原里最大的家族。

剑客文是我最聊得来的哥们，我俩不但为了升级一起打野，闲得无聊时还会一起去打猎、钓鱼，骑着各种各样的宠物赛跑。有时候自己也觉得咱俩就像天真的孩子在荒原里玩耍一样。

记得有一次，我俩在河边烤鱼吃。

“你又换武器了！”我看着他腰侧闪着纯白光芒的宝剑，垂涎三尺。

“御龙天剑。”剑文得意洋洋地说，“这把武器可把我弄得倾家荡产了。现在还不是最强等级，我还得存钱强化它，给它镶珍品宝石。对了，帮我弄点材料。”

“我说剑文，你可真舍得。”

“玩游戏就该这样，只要花些心思头脑，一样可以玩得和土豪们不相上下。我就不相信有钱就这么无所不能，现实中富豪的确活得潇洒，但至少在这里我们能活得有出息一点。”

“你很讨厌土豪。”

“这叫仇富心理。没什么值得大惊小怪的。”

“家族里的人大都对自己现实的一面避而不谈，也许就是这个原因？”我问。

“我们为什么来这里？不就是不想面对一些现实。”

“我们？”我把已经烤成金黄色的鱼放近嘴边，香气扑鼻，“其实现实也没什么不好去面对的。”

“总有原因。”剑文大口地撕咬鱼肉，“要是现实比这儿好，我们又何必跑来这里？现实里可没有这样的景色这样的烤鱼。就算有，那一定会很贵，我的工资肯定扛不住这种奢侈的生活。”

“可这都是虚无的。”我咀嚼着鱼肉，微微烤焦的鱼香味顺着喉道沁入肺腑。

“我宁愿不再醒来。”剑文灌了一口从东边树林中采集到的晨阳之光的甘露。

“别喝完了，留些给我。”

“还有呢。”他把瓶子递给我，“说说你的现实状况？”

我把甘露一饮而尽：“我呀，毕业一年多，现在做会计，工作还算稳定。”

“噢，原来咱是同龄人，怪不得咱俩会如此投契。”剑文抿了抿嘴，“我在一家电梯公司干活，算是个半技术半管理人员，工作也还算稳定。不怎么加班，一有空就进来幻世。说实在的，总觉得生活真的没有什么目标。有时候不管你怎样努力，也改变不了什么现状。”

“你不能要求太多。”我说，“其实我想知道自己到底为什么而工作，为自己，还是为这个社会？”

“长大了，就没那么伟大了。”

我想起曾经也问过似曾相识的问题，那时我们迷茫着到底为了什么而读书。中华崛起？不，中华已经崛起了。

“那就是为了买房、买车，然后是结婚生子。”

“那理想呢？”

“我的理想在一年前离开校园的时候遭遇不测。”我说，“也许我们该找些自己喜欢做的事？”

“你还是别胡想了。这社会是一个已经定了型的框架，我们的行为本来就受到各种限制。我们不能一夜暴富，没钱享乐，不能在受气之后拿起大刀乱砍来泄愤。没有像你这样的兄弟，没有像家族那样的大家庭。还好，在这里我们拥有一切。”剑文说。

我们边聊边吃，关于现实社会，关于我们这个年龄有着说不完的话题。

吃完烤鱼，野餐也差不多结束了。我随手把鱼骨头扔进火堆，剑文站起来，抖掉身上的烟灰，然后抽出宝剑，念起咒语。他在施寒冰剑的法术，只见一道寒气从剑身涌出，火堆一下子就被寒气熄灭。“走吧，回家。”

于是，我俩分别骑上各自的独角兽，优哉游哉地离开。

“结婚是个相当严重的任务。男的首先要有房有车。”

“还是换个话题吧，我讨厌这个任务。”

“那说些别的吧，你和嘉嘉怎样？你俩蛮般配的。”

我先是一惊，然后说：“一般朋友而已。”

“她现实是个怎样的人？”剑文追问。

“我不知道，她从来没提过。”

“是你从来没问，你该主动点。”

“你的意思是要我在这虚拟世界里追求她？”

“有什么不可以的吗？在这里追求她的人多了去了。你看她那些极品装备，她那身神级魔法袍，她一分钱都不用花。但关键是她有资本，她花容月貌，那些富家子弟会不惜血本去追求她的芳心。”

“那她为什么会和我们一同建立家族？她完全可以跟个富二代走。”

“也许她并不喜欢真正和那些男人在一起，也许她只是喜欢那种暧昧的关系，喜欢无数异性围在身边的感觉，她会害羞而不愿承诺那种关系，也许她感觉承诺是自我身份的丧失。年轻美貌的女人都这样，因为分不清自己的立场，她会对一些简单的请求感到压力。她现在的范围还很模糊，因此她很难拒绝别人，无法抵挡那些不断测试范围的关系。”

我目不转睛地看着剑文：“你专门了解过女人？”

“别大惊小怪的，你得多看些书。”剑文用手挡回我的目光。

“我又不是富二代，她看不上我。”

“别那么自卑，你在琉璃城有房有车，在这里还有那么多矿石，算得上半个富二代了。何况她也没确定关系，说不定你和她交往会让她感觉更亲切，否则她就不会留在家族里了。”

“我总觉得这样很别扭，感觉就像是……暗恋，或者意淫。”

“好一个意淫！”剑文放声大笑，“要是琉璃城里有妓院的话，我宁愿天天泡在里面。”

“我的天！”真受不了剑文这家伙，“对了，知道族长在现实里是做什么的吗？”

“你说明叔？听说是做生意的。看他的样子的确像个生意人，你看他那把黄金战斧，那可是整个荒原就那么一件的神器，只有腰缠万贯的生意人才买得起。”

也许明叔在现实中就是个大老板，说不定还是个房地产商呢。他建立家族，自封族长，就像现实中老板之于自己的企业一样。他关心每一个族人，希望自己的家族能蓬勃发展，因此他会舍得花很多钱在这里。大伙儿开心，他也得到满足。

家族在不断扩大，新人一个接一个进来，家族屋里变得相当热闹。有一次我在大院里除草，嘉嘉却安静地坐在一旁的石凳上，我想这是个跟她亲近的好机会。于是我走到她身旁，却看见她明艳姿容下的一丝迷茫。

“你怎么了？”我轻声问。

她回过神来：“没，没什么。”她让了让位置，我便在她身旁坐下。

“你从来没有这么不开心过。如果这里都无法让你开心……”

“这里是天堂，没人会不开心，只是来的次数多了，就会自然而然地想留在这里，不愿去面对外面的世界。”她说话的语气很平淡，就好像经历过许多故事那样。原来现实对每个人都如此残酷。

“你爱家族？”嘉嘉突然问我。

“我？当然，这是我们的家，我们都爱这里，不是吗？”

她沉默下去。

“发生了什么事？”我追问，但又不知道再说些什么，只能默默地看着她。

一对百灵鸟在屋檐嬉戏，是嘉嘉饲养的宠物。嘉嘉伸手召唤，它们便飞到她的身边。她抚摸鸟儿洁白的羽翼："我很喜欢它们，我照顾它们，喂养它们，不求任何回报，但我仍然爱它们。我一直期待它能在我们的世界出现，但现实中的爱却从未逃脱过迷失、嫉妒和恐惧的焦灼。"这样看来，那些内心深处的我们其实是希望依赖着他人的，其实我们更希望被爱。

许久，她抬手擦拭眼睑，拭去结尘的无奈："其实也没什么不开心的，随着自己的心走准没错，就算错了也是一种经历，年轻就该多经历些！"

原来年轻就是随心所欲。可年轻就能随心所欲吗？如果她真能做到这一点，那她就不会像现在这样因为担忧、顾虑而烦恼了。我终究还是被她的愁容感染，我的情绪也渐渐低落下来，我看着大院里蓬勃生长的小树，怅然若失。

如果有一天，这虚拟的爱也被看成是一种迷失，那我们失去的就不仅是过去，还有现在。

末了，我独自一人坐在家族屋前苑一片遍布杂草枯木的高地上，荒原的太阳西落，夜色降临，不远处的树丛中闪动起星星点点的鬼火，天空中月色凄凉。我突然发现自己在这永乐之城中竟也会感到焦虑与烦乱。我满腹伤感地对着苍白的月色默想，默想寻找失去的现在，寻找刹那间的真实旋律，寻找那转瞬即逝的真理。而此刻，我是多么渴望明白那些不断抛弃我们生活的现实的神秘，可我们的生活却在我们种种追寻与渴望中变成了世上最陌生的东西。

二、幻世·家族故事

家族建立起来，自然会有家族自己的故事和历史。那么开荒也许是最激动人心最让族人铭记的事情了。

家族任务是炼狱荒原里一个相当重要的组成部分。其难度相当大，单凭几个玩家的能力无法完成。设想一下，当你面对一个体型是你数十倍的红龙，而它的生命力又是你的几十万倍时，你如何凭借一己之力搞定它？那是不现实的事情。现实是：它只需要用鼻孔对着你一喷，你就顷刻间烟消云散尸骨无存。

的确有族人被巨兽的火舌杀死过，那是不久之前的一次家族活动，一个高攻的法师由于太过接近巨兽，被巨兽喷出的火舌秒杀。听那个法师说，被烈火灼伤的一瞬间奇痛无比，他真的可以看到皮肤被烧焦的过程，这让我们听得毛骨悚然。下一刻他会看见自己被烧焦的身体倒在地上，而他却以透明的状态站在原地——他挂了。

死亡的那一刻无比奇妙。死过的人都这么说。但不会有玩家愿意主动去体验那种奇妙，在野外被怪物杀死是件丑事，别人只会嘲笑你技术太烂，或者装备太垃圾。

只是最近，穿行于炼狱荒原最中心——也就是那道巨大光柱附近的玩家频繁地被一些动作迅捷的怪物杀死——人们甚至没搞清楚那些怪物到底是什么样子。我们暂时称之为“洪荒守护”。

“刚才从野外回来，遇到一些蛮极品的玩家，说又有人在洪荒谷地被杀。”嘉嘉坐在议事大厅的公主专座上，讲述刚才她听到的消息，所有族人都围近她，倾听这野外被杀的奇事。

“据说玩家并非被单一的妖怪所袭击，玩家被袭击时，有好几个速度奇快的洪荒守护从不同的方向冲向那些走单的玩家，就那么一下子，就把玩家给杀了。”

“听起来是有组织的暗杀。”

“什么？居然连野外的小怪都会进行有组织的暗杀？”

“所以听起来不可思议，洪荒谷地已经是最接近光柱的区域，这一区域受光柱魔力的影响太大了，所以怪物的力量才那么可怕。而且这一带的区域地图是未知的，就连洪荒谷地的地图也是由我们几个较大的家族拼凑而成，玩家在这一区被杀也并不出奇。”

“我们下一个家族任务就是挑战这洪荒谷地，任务是要打败这洪荒谷地的守护神，只有这样才有机会进入荒原的中心光柱。”

“洪荒守护的速度太快了，法师根本招架不住它们的进攻。”

“我没见过洪荒守护，但按照你们的说法，我猜我们法师连咒语都还来不及念完就挂了。”另一个法师说。

“它们打不过我们的刺客。”族长抚摸着他那巨大的黄金战斧，“这次我们需要杰洛士！”

我一惊，看着族长，却发现全部族人都看着我。

“我们的财神爷要上战场啰！”一阵骚动中族人为我加油打气。

“你是家族里装备最好，攻击、闪避等各项数据都最高的刺客，搞暗杀？我想那些洪荒里的守护应该只是小菜一碟吧！”族长对我的认可度居然那么高，看来我是逃不掉了。但是我只是个采矿收集的刺客，我的等级是嘉嘉带上来的，我的装备是剑文给我打造的。现在突然叫我去打怪杀敌，不是给我下难题嘛。

“没问题，不就洪荒守护而已，小菜一碟！”我当着全部族人的面说出这句话，然后赢回一阵疯狂的起哄。

这次开荒我对自己没太大把握，我总觉得自己不够实力。我想荆轲也许可以帮到我。于是我拿着那并不完整的洪荒谷地地图以及已知的洪荒守卫的资料前往琉璃大学。

“你的装备不错，算是一流，你的技能也已经学完了，并且没有拖欠学费，你已经顺利毕业了。还有什么可以帮助你的呢？”荆轲翻阅着我的学习记录。

我把残缺的地图和资料递给她：“导师，家族要去挑战洪荒谷地的守护神，可现在我们甚至连那一带的地图和怪物都还没搞清楚。”

“太过激进并不是上佳的选择。”

“我想是的，但我们必须赶在其他家族之前第一个征服炼狱荒原，这样才能巩固家族的地位。”

“人类总是这样，对荣誉、利益过度追求而忽略其他因素，但不管怎样，面对未知的领域最不应该怀有恐惧。”他看着资料，继续说，“其实你对它们已经有足够多的了解：攻击力强，速度快，善于有组织的袭击。这些对于一个强力刺客来说不算什么，它们的名字叫‘狼人’，只要你注意力足够集中，你可以轻而易举地打败它们。”

“谢谢你的指点。”我看了看四周的练习场地，然后说，“我想我有必要重新温习刺客的技能，我想借用这里的刺客技能程式。”

“当然没问题。”荆轲相当高兴，“有很多人会回来重新熟练一些技能，有些技能长久不用就会忘记的，他们都希望自己变得更出色。而你也是其中一员，这真的很好。”

我一边练习一边思考着自己能否打赢荒原里的那些怪物。我不敢保证，即使我有上等的装备、出众的数据，荆轲不也是中原最厉害的刺客吗，可他最终还是败在了塞外的高手之下，出了中原，他就不是最厉害的刺客了。所以没有什么可以保证的，也许进了洪荒谷地，我的装备和数据就变成装饰了。

但挑战无处不在，我可不想看着自己的家族战败。

今天，我们将向洪荒谷地的守护神发起挑战，并杀死它。我们将是第一个前往挑战的家族，没有过往的经验，一切都靠随机应变，还有团结。

族长安排了60人的大部队参加此次活动，除了强大的法师小组外，还加入了刺客分队，以应付谷地里可能发生的各种情况。

队伍从家族屋启程，浩浩荡荡前往目的地。

走在前排的是族长、剑客文还有公主嘉嘉。她换了坐骑——一头体型健硕的白虎，看起来她就像月祭女神。事实上她因为拥有了这头神宠，学会了“月光”——那招流星四射的华丽黑魔法。我没见过她施法的场面，但估计这次可以一览她的风采。

刺客队伍并未在大部队中，我们分散在队伍前进方向上的附近，监察一路上的动静。

不久，我们便来到谷地的边缘。天空依旧阴沉，甚至有些阴暗。谷地地形复杂，外缘地带地势比较平坦，但遍布巨石，还有枯死的巨树，以及一些生命力顽强的植物。再往里走，平坦的地势变得崎岖，那是山岩的主体，这种地形明显就是袭击、设伏的绝佳场所。

难以想象居然会有人独自前来这种鬼地方，要不是家族任务，就算是集合两队人马，我也不来！

我走在大部队前方不远处的枯树林间，捕捉附近所有异样的变动。

突然，右边不远的枯树后面转瞬即逝的蠕动引起我的注意。我盯着那个发出声响的点，假装若无其事往前走，借着一块巨石的遮挡，立刻念咒隐身。确定附近没有设置陷阱之后，我猛地从巨石后冲出来，同时念出凌虚步法加速咒，我的速度在瞬间提升三倍，目标点的距离瞬间被拉近。我看见两头狼模样的怪物隐藏在枯树后，显然，它们已经发现了我蹬起的微弱沙尘，但已经太迟了，我在离目标还有5米的地方腾空跃起，左手拔出隐藏在腰间的暗器，顺势甩向目标，两头狼模样的怪物应声倒地。

落地，隐身状态因为主动攻击怪物而失效，我向队伍做个手势，示意这边已经安全。

“狼人。”原来那些偷袭玩家的荒原守护居然是这些面目狰狞、体型大得吓人的狼人。

“听起来像是走进了黑夜传说。”

“我讨厌这个地方！”

“继续前进！”族长挥动战斧大吼。队伍沿着山路继续向前，我们的速度明显放慢，时刻警惕四周的动静。尤其是在经过一条狭窄的山道时，队伍停下，刺客分队先清理山道两边的高地——碎石堆里隐藏着的十来头狼人，一一被我们干掉。然后大部队才小心翼翼地穿过山道。前面就是洪荒谷地的中心——一个巨大的山洞。洪荒的守护神就隐藏在这巨大的山洞里。

“那还等什么，我们杀进去吧！”

“等等！”我举起手示意队伍停下。众人随即警惕四周，我听见身后的碎石山地和两旁的枯树林间传出碎石摩擦的细微声音。

“什么情况？”嘉嘉低声问。

“这是个陷阱！”我还没来得及发出警告，埋伏在四周的狼人从山石和枯木间一跃而起，伴着可怖的狂吼向我们狂奔而来。

“它们来了！”剑文拔出佩剑。

“战斗！”族长大吼一声，队伍中所有战士和剑客随即向四面的敌人冲去。

“药师注意保护他们！”嘉嘉在队伍中指挥全局。

两头巨狼嘶吼着向我奔来，我跳开原地，顺势抽出腰间的暗器甩出，暗器正中狼人的心脏，狼人应声倒地。后面的狼人越过尸体向我扑过来。我拿出利刃，在狼人腾空的瞬间我一跃而起，在空中剖开它的腹部。

我踩着满是血的尸体落地。后面是更多的敌人。

“它们来了！”其中一个刺客大喊。

队伍中有人发出惨叫，一名法师中了狼人的尖刺倒下。前面山洞附近上百头狼人从掩体后跳出来，同时甩出锋利的尖刺。

“药师，开护盾！”

几名已就位的药师联手施法撑起透明护盾，锋利的狼爪深深地扎进护盾，停在空中，然后轻轻地掉落在地上——我们挡住了第一波进攻。

“杀过去！”战士和剑客拉起坐骑向着怪物群冲去。族长的战斧开始发出金光，闪电在板斧上跳动，狼人在战斧扫过时随即倒地。

狼人的数量越来越多。

“杰洛士，掩护我！”嘉嘉喊道。只见她单手举起法杖，口中念着咒语，她红黑色的魔法袍腾起的红光簇拥在她四周，整个山谷的天色仿佛都暗了下来。法杖顶部的能量球变成血红色，紧接着一阵巨大的气场以她为中心猛地向外冲开，一道红色的光束从能量球射向天空，然后巨大的能量弹像流星雨一样密密麻麻地从天而降，朝敌人砸去。

这就是传说中的群星陨落！

“小心，杰洛士！”剑文朝我大喊。我猛地回头，埋伏在左侧的两个狼人已经向着嘉嘉掷出暗器，嘉嘉正在施法，无法移动，没有任何保护。

我凭第一反应冲向嘉嘉，向着冲过来的两头狼人掷出暗星镖，但狼人的暗器已近在眼前，如果我闪开，那暗器绝对会杀死嘉嘉，可我无法做得更多。下一刻，暗器扎入我的胸膛，穿过身体，痛感瞬间撕心裂肺，再下一刻，我和向我冲来的狼人一起摔倒在地上，这是我看到的最后一幕，然后我视线开始模糊，胸口的疼痛在向全身蔓延，我感觉灵魂正在离开肉体……

我死了。

我出现在灵魂墓地，看到自己半透明的身体。

我需要跑尸体。这儿离我死去的地方不远，我向着目的地跑过去，希望他们能抵挡住。

一分钟后，我看到了自己躺在山洞前的尸体，除此之外什么都没有——灵魂只能看见自己的肉体，其他的什么都看不到。

我进入自己的身体，然后我感觉自己的灵魂和肉体慢慢融合，再然后，我睁开双眼……

嘉嘉伏在我身旁，还有其他族人。

“刚才谢谢你。”嘉嘉对我说。我抚摸刚才被暗器刺穿的胸口。原来这就是死的感觉。我在嘉嘉的帮助下勉强站起，我感到全身虚弱。

“先别站起来。”梅菲尔赶忙走过来，我便又坐下，她开始给我施法，一旁几个受伤的队员也在接受治疗。“死果然不是件好玩的事情。”我对嘉嘉说。

梅菲尔的法术极其有效，我好了许多，但不可能马上痊愈。我感觉自己现在的力量只有八成。

“我们继续前进吧！”

接下来就是挑战洪荒谷地的守护神了。山洞很浅，进去没多久就到了一个巨大广场，洞顶是难以想象的高。广场中间盘旋着一头身形庞大的红色巨龙。我见到这巨怪时真吓了一跳。这是我第一次见到如此庞大的怪物，它足足有20米长！

面对这大BOSS，我们刺客可是毫无能力了，区区暗器无法对它造成很大的伤害。这次轮到剑客、战士、法师、萨满和药师们秀技能了。

整整半个小时才杀死守护神，中途有两次差点被灭团，好在我们的药师技术细腻才得以逃脱。

最终，我们成功征服了洪荒谷地！

回到家族屋，我仍处于虚弱的状态，看来还得休养一段时间才能完全恢复。我回到自己的房间，躺在床上，感觉舒适了许多。回想起刚才被尖刺击中的一幕，现在还心存余悸。看来死真不是一件容易的事情。

嘉嘉走进房间，手中平端着粗瓷碗来到我床边：“康复药，用熊胆和甘露熬的。喝了吧。”她的话语里似乎夹杂着那种把我当作自家人的亲昵。我看着她，看着她手中的粗瓷碗，有些话想说却又说不出来。我双手接过瓷碗，没想到这药竟温暖沁心，让我安逸舒适，这分明就是我梦中要去的那个地方。

周末，登录幻世，我出现在家族屋的登录点。

家族大院里，树苗长成青葱小树，花坛上的花儿开得烂漫。六七个族人坐在一旁的石凳上，目不转睛地看着大院中间：剑文和梅菲尔——一个秀色可餐的女药师，有些害羞、有些紧张地看着剑文。

“怎么了？”

“没，没，嗯，有个意大利画家叫科罗拉底，他给美下了个定义。他说那是所有部分组合在一起，向你走来，不用做任何添加、减少或者改变，”然后剑文拿起一张纸，卷在手中，“说的就是你。”卷起的纸在一瞬清亮的火光下变成一枝玫瑰，递给梅菲尔，“你很美丽。”

“哇！”“太牛逼了！”“简直是情场杀手！”躲在一旁围观的族人兴奋地跳了起来。

不愧是剑文！那家伙真有一套！

就在这时，我的导航仪提示我有信息，是琉璃发来的，她在琉璃海岸。直觉告诉我发生了些特别的事情，并且不会是好事。我仓促告别族人，返回琉璃城。

我开车前往琉璃海岸，算起来，我已经有很久没见过琉璃了。这段时间我一直都沉浸在炼狱荒原的升级、采矿和家族的欢乐之中，还真的渐渐把琉璃给淡忘了。

车在琉璃海岸的某处停下。

她，依然还是那身白色连衣裙，一直都是。今天，她看起来并不开心。我记得她有过这样的表情，也是在这琉璃海岸，那时琉璃城的物品被官方修改成可以自由交易，同时在市中心开设了玩家交易大厅。

这次，会是什么事情呢？

“在这梦幻海岸，连城主也会有放不下的心事？”

“下周会有一个大型活动。”

“有新活动？那是好事啊！是要开新地图，还是有什么别的游戏副本？”

“一个活动，是琉璃城和炼狱荒原共同策划的，活动的内容大概是：‘由于玩家在炼狱荒原的频繁活动引起荒原深处的怪物开始有组织地在野外袭击人类，在活动开始后，玩家最好组队出行，以避免遭到大批怪物的攻击；同时在活动规定的时间内，会有大批怪物出现在炼狱荒原的人类据点附近并大举攻击人类据点，琉璃城告急，玩家要保卫琉璃城。’”

“这是个好活动啊！赶快说说具体的情况。”我追问琉璃。

“每个参与活动的玩家会得到小礼包，累计杀敌最多的玩家将被尊为‘琉璃城御林军’，丰富的奖品自然不用说了，他们接下来的任务是要保护琉璃城免受怪物的侵扰，但城市会为他们的开支提供资助。”

这活动可真不能错过！看来我得提前通知我的家族做好准备来迎接这次活动才行。“琉璃城御林军”，多么霸气的称号！

“这不止是一个活动而已。”

“有什么不对的吗？”

“城市为他们的开支提供资助——意思就是要收税！”

“收税？”

“没错，成为琉璃城御林军的家族需要担负起保卫琉璃城的重任，作为回报，琉璃城需要为御林军提供资助。琉璃城哪来的钱资助他们？只有玩家！他们打算从在游戏里发生交易行为的所有玩家身上扣税。”

“要御林军守护城市，玩家也理应作出贡献。”此时我只是想着如何才能让我的家族成为御林军。这样的话，财源就会不断了！

“这不就损害了所有玩家的利益？”

我拍了拍她的肩：“别把事情想得太糟糕了。”

琉璃觉得很无奈，最终也不再说些什么。

“找个地方坐坐。”我提议，她点头。

我们在附近的一处观海休闲区随便找了个位置坐下。

“请问两位需要些什么呢？”服务生问。

“来个煎蛋，奶酪加胡椒粉，谢谢。”

琉璃没看餐牌，随口点了一杯咖啡。

“只要咖啡？我买单哦。”

“咖啡就好了。”

“请稍等。”服务生收回菜单离开。

“我们好久没这么在一起聊过天了。”琉璃望着无垠的海滩。

“嗯。我们在争取成为第一个征服荒原的家族。现在还差最后一步了。”

“看来你们进展得不错。”

“是的，大家都在努力。”说到家族我总是心情愉快，“你呢？你不常在线。”

“工作越来越多，我们的人手开始不够，不久前才扩大了管理队伍。出现了一些之前没有预测到的问题，比如死亡。”

“我听说了。”新奇大街里开的那家“青春永驻”里售卖一种奇特的药物，叫“永葆青春”，人们吃了之后在一小时内样貌会变成二十岁左右的样子。悲剧发生在一个老女人身上，她服用了“永葆青春”，然后死了，她死去时的样子定格在二十出头时的年轻美丽。事后发现她在接入幻世前服用了毒药。“她真的让自己永远年轻了。”

“她做到了，然后留给我们一大堆麻烦事。”琉璃无奈地摇头，“现在这琉璃城里的欲望快和现实里的欲望一样强烈了。”她依旧厌恶那些罪恶，但贪欲却无法抗拒地在一点点侵蚀着她的伊甸园。

“有时候会突然觉得这还是不是我们当初为之奋斗的世界。”她的眼神落在很远很远的地方。我随即沉默下来，面对四周熟悉的景色我们早已失去了当初见到这梦幻城市时的激动心情。我看着四周挂满广告牌的建筑和热闹的景象，这个世界变得世俗了许多，不再像当初那样乌托邦。

“有个追悼仪式，我得赶去参加。”琉璃看了看时间。

“就是为那个为了年轻而死的人？”

“是的。”

“这幻世居然还会有追悼会。”

“希望以后不会再有。”

“我可以参加吗？”

“当然。”

参加追悼会的人很多，现场的气氛严肃安静。神父在宣读祷文：“……在这终结的时刻，过去的时间突然以一个整体的面目出现，而且形状清晰完整。对我们每个人来说，终结的时刻是生命的终点，在这个终点往回看，历史就像已被遗弃，孑然而立，就像一个会被遗忘的小故事一样平常，一样令人感动……”

我“死”过一次，在炼狱荒原。死亡是个难以想象的谜，如果当年俄狄浦斯猜不中斯芬克斯之谜的谜底，死亡是否依旧是一个人不能不猜的谜语？也许只要你活着，你就不得不把这个谜猜下去。

追悼会终于结束，可死亡的气息依旧挥之不去。我发誓以后不再参加这可怕的仪式。

回到家族屋，我立马告诉大家这个好消息：“幻世要开大型资料片了！”

“什么？”大家都很惊奇。

我把具体内容告诉了大家。

“你怎么知道？”

“我有线人！”我故弄玄虚。

“这家伙肯定是胡来的。”

“不骗你们，我们必须赶紧完成最后一个任务。”

“这倒是事实，”族长说，“我们的地图还不够完整，杰洛士你有空得去那边把地图补全。”

嘉嘉给我准备了独角兽，把所有武器都检查了一遍。出发前，她还提醒我：“注意安全。”

“放心吧，没事的。”

三、幻世·指路人

“你是否曾做过这样一个梦？梦中的一切真切得如同真实一样，要是你无法从这样的梦中醒来会怎样？你怎么确定自己能分清这梦幻世界与真实世界？”

——莫菲斯　选自电影《黑客帝国》

洪荒谷地前方不远的地方就是光柱的所在地，中间还隔着一道高崖。到目前为止我们还没有那一区域的地图，必须得先有人去探查，描出地图。这种工作通常都是刺客来完成，因为我们动作敏捷，还因为我们可以隐身潜行。

这儿离荒原的中心非常近，仿佛光柱就在不远的前方。我能感觉到它散发出来的能量无处不在。面前苍冷的高崖和橘红色的漫天大雾静静地弥散着一种死亡的气息。

“这地方着实有些恐怖。”刺客小轩说，“我从没见过这种雾气。”

“这次就先探这座高崖吧，应该很快可以搞定。”

“好的。”

“保持联系！”于是我们三个便分开行动。

我迅速爬了一段山路，记录下附近的地形地势，还有在这里出没的怪物、生长在这里的草药和矿石的分布。

我在一处较为宽敞的崖口停了下来，这里的视野较为开阔，有利于地势勘察。我在周围设下陷阱，以防在我记录地图的时候遭遇袭击。

就在此时，崖口前方出现了一个身着黑色衣服、戴着墨镜的男人。我根本没反应过来他到底是怎么出现的。我退后一步，摆出迎敌的阵势。对方没动，但他身后的背景竟然发生着变化！——他在制造幻境。

我再退后一步。

“你好，杰洛士。”他居然知道我的名字！

“你是谁？”

“我是谁并不重要，重要的是这里是什么地方。”四周的场景仍在不断变换——我完全辨认不出。这是他的技能？我之前从来没有见过。见鬼！早知道找多些人一起来！

此时，背景变成了树木稀疏的树林，天空是一样色调的暗红，一些小兽在平原上游走，这是新手练习区。

那个黑衣男人向我靠近几步，似乎无意攻击我。我仔细打量他，他的衣着像是某种制服，胸前有个奇怪显眼的标志。

“你……你是怎么出现的？”

“我不是这山里的怪物，这山里的妖怪也不会打扮成我这模样。我不会对你造成任何威胁和伤害。”

“你是玩家？你在这干什么？”

“幻世是美妙的地方，让人乐不思蜀。我来这是为了帮助你回忆一些你容易忽略的，未被理顺的事情。比如，你为什么会来幻世？”

我放开了防御的架势：“他们选中了我，然后我就来参加《幻世》的封测，事情就这么简单。”

“后来呢？我听说你有了自己的公寓和私家车，这相当于一个中产阶级的生活水平。”

“只是存在于这个虚拟的世界而已。”我说。

“可你真的把这里当成虚拟世界看待，还是你宁愿这一切都是真的？这是个完美的世界，你可以做任何你认为是高尚的事情，让自己成为一个有意义的人。你希望每次睁开双眼时都能见到琉璃、嘉嘉还有其他族人的热情与微笑。你承认这只是个梦吗？还是你已经决定融入这个世界，而这个决定甚至连你自己都没有察觉？要是你的执拗无法让你从这样一个梦中醒过来会怎样？你怎么确定自己能分清这梦幻世界与真实世界？”

“我当然能分得清，摘下头盔之后的那个世界就是真实世界。”

“我们来谈谈那个真实世界。那是个千疮百孔的世界，那里充斥着贪婪、压力和责任。为了一个看不见、说不清也许甚至不存在的目标，你换了工作。”

“你怎么知道？”我大惊！

陌生人没有理会，继续说：“因为你希望生活变得有意义，就像在这里一样。但是现在的你依然没有看到希望，与之前的工作相比，也仅仅是待遇的微小差别而已，你依旧还是那个死气沉沉的你，抱负与理想依旧离你很远，你是否会把这一切怪罪于这个千疮百孔的社会？你是否会认为是它杀死了你的梦想，而你却无能为力？”

他停顿下来，我却不知道该说些什么，只是觉得自己的脑子不听使唤地到处联想。

“渐渐地，那所谓的现实就只剩下一些美好的回忆，一些年轻的，随心所欲的残影。这是否就叫逃避？”

他接连不断的问话让我张口结舌，我感觉万斤重压挤压着我的大脑。

“如果你真的只把这里当作游戏，那么你该很清楚玩家就是游戏的基础，你知道怎么做才会让这里变成天堂，而不是金钱泛滥的地方，可你并没有这么做，这是为什么？你是否会把这个世界的沦陷归咎于其他玩家？这是否又是一种逃避？如果每个人都置之不理，那么天堂会在何处？”

我的大脑开始膨胀，不受控制，我竭尽全力支撑起自己的身体。

“到底什么才是有意义的生活？是用金钱和权力来衡量，还是我们的理想？不管怎样，在这个社会里，人们把自己宝贵的生命全都浪费在日常的琐事之上，他们成了社会的一部分，一台庞大而冷酷的机器里一个小小的齿轮。有时候会突然莫名其妙地冒出某些人——至少表面上是这样的，一些不同于常人的人。他们会给社会增加一些特别的东西，人类因此才能够进步。那些特别的人并非可以预测未来，他们只是站在更高的地方看清这个世界的发展方向，正如你站在琉璃城之上看清了它的未来趋势一样。剩下来你所要做的，就是去相信这个你所看清的方向，然后，当你把这个小小的海边虚景扩大，再扩大，大到足以比拟整个真实世界时，你所看清的，就不仅仅是一个琉璃城的毁灭……”

“琉璃城的毁灭？！”就在我思维打岔的一瞬间，那个陌生人以及周围奇怪的景象瞬间消失得无影无踪……

我跪坐在原地，急促地呼吸，仿佛大脑受到巨大的冲击。我盯着陌生人消失的地方，却根本搞不清他是怎么消失的。我的四周变回原来的景象——崎岖的山岩之间一块不大的开阔地。

我没敢再往前走，我在这就碰上一个这么奇怪的人物，我怕如果再往里走我就得躺着回去了，我可不想在这炼狱荒原里死第二次。于是，我们打道回府。

“有什么新发现？”

“地方很奇怪，空旷的山野竟然见不到一只小野兔。”其中一个刺客说。

“居然是这种情况？”族人们都很惊讶。

“是的，那地方看起来的确有些蹊跷。”我摸着自己的额头，仍旧有些轻飘飘的感觉。嘉嘉看出我有些不对劲，走过来轻声问我：“你怎么了？”

“我……我有些不舒服，总感觉脑袋轻飘飘的。”

“先休息一会儿吧。”说着嘉嘉扶我离开议事厅。

剑文在大院的过道拦着我：“发生了什么事？老兄，别连我也瞒着。”

我想说，但被嘉嘉打断：“休息完再说吧。”

嘉嘉把我送到房间门前：“那儿真的很奇怪吗？”

我思考了许久，想说，但又不知道怎么说起，然后嘉嘉说：“那就先休息下吧。我等会儿来叫你。”

我躺下床，闭上眼。迷迷糊糊，似睡似醒。不知道过了多久，有人敲门，我开了门，剑文站在门外，我跟着走出去，剑文走在前面说：“你该回去了。”

我说：“为什么要回去？这是我的家，我要一辈子都住在这里。”

剑文回过头：“不，这不是你的家，这儿什么都不是！”

我抬起头看他，竟发现他不是剑文，而是柯特！

我猛然惊醒，房间里空空荡荡，房门紧闭。我满头大汗。我起身打开门，门外无人。

一场怪梦。

我从未在这里做过如此奇怪的梦，甚至在现实里也不会。可刚才我竟然梦见了柯特，他还叫我离开这里。这一定和山崖里的那个陌生人有关系！我细想他说过的话，他提及了金钱、理想，还有虚幻与现实，还有他说的两句话：你真的把这里当成虚拟世界看待，还是你宁愿这一切都是真的？你知道怎么做才会让这里变成天堂，而不是金钱泛滥的地方，可你并没有这么做……

我恍然大悟。

几个月前我曾试图推测琉璃城的未来。我列出许多因素，分析因素间的相互影响。现在幻世又出现了一些变化：新的活动要求玩家缴纳一定比例的金钱用于保护琉璃城的安全。这实际上就相当于创造了税收。如今这虚拟世界不仅有了管理者，有了敌对的两方，还有了军队和税收。这……这和外面那个物欲横流的社会还有何区别？而我竟然把它当作了真实的世界看待！

幻世成了一个彻头彻尾的赚钱工具。玩家，游戏开发运营商，广告商，游戏商人……似乎这个结果从一开始就被注定。琉璃付出那么多心血追求的乌托邦，到头来仍旧是个美好的愿望……

我把我的分析画在一张图纸上，交给琉璃。图上写的都是些很简单的道理，这些事件和过程她都明白。我只想告诉琉璃：这幻世终将和现实世界没什么两样。

“有解决的办法吗？”许久，琉璃问我，我看出她在压制自己的情绪。

“如果玩家都希望幻世向着乌托邦发展，那也许，但……”但那显然不可能。

琉璃点点头："也许我得重新考虑这件事情。"然后她起身离开。

我想起身追过去，但也无济于事。这是我见过的最无奈的她。终于，连上帝也困惑了。

一个男子走过来，在琉璃原来的座位上坐下，左手拿着两只空酒杯，右手一支红酒。他把空酒杯斟满，放在我桌前。

"哥们不必如此灰心，或许你可以换一种方式。"他看了看我桌前平摊开来的图纸，立马又换了一种眼神，他应该是误会了这个场合。那张图纸并不是情书之类的信物。

我拿起图纸："或许你误会了。"

"实在对不起，原谅我的肤浅。"他显得相当尴尬。

我起身准备离开。男子对我说："不久之后，天上的星空也会对玩家开放，那是一个以银河系为背景的深空地图，你会喜欢那里的！"

四、幻世·十年大雪

面对理想与现实、爱与信任、坚守与放弃这些问题时，人都会有不同程度上的困惑与迷失。有些人走过这段旅程，清风淡月，一步步走进了人生的佳境，而有些人则终究没能趟过这条河流，搁浅在了青春的旅途中……

大型《幻世》网络游戏资料片——《保卫琉璃城》正式在《幻世》的官网上公布。已经可以容纳60万人的幻世为之沸腾，玩家们更加拼命升级、打造装备，家族则继续招揽优秀的玩家，屯兵积粮，为这次有史以来最大的活动做好充分的准备。我在游戏外最真实的世界，看着一部部从幻世传来的记录影像，看着他们兴奋的表情和激动不已的模样，我竟惊讶这些玩家居然如此疯狂。而在过去的几个月里，我就是他们中最疯狂的一员。

是山崖上的陌生人把我从迷失中引导出来，把我拉回这真实的世界。

我的邮箱里有一封新邮件，发件人是嘉嘉：

“杰，几天没见你回来了。我昨天去了那片高崖，没见有什么奇怪的东西，那儿甚至没有野怪。但我却有种不祥的预感，以后就别去那儿了。我们可以去别的地方，玉泉河的源头，你常去的燃木山林，或者留在云霓朱苑都行。回来，我在大院门前等你。”

我看着这些文字，恨不得马上就回去，我满脑院落的景象，想象着推开云霓朱苑的大门看见她欣喜释然的微笑。

我真的很想回去，可回去了又怎样？我真的能见到她？不，我能见到的只是她的影子，她的一部分思想。那里没有海岸，没有云霓朱苑，那里空无一物，只有一群迷失的思绪在寻找寄托……

所以，还是不回去了。

在幻世活动如火如荼地进行时，幻世宣布了一个让人意外的消息：琉璃城管理小组因工作原因辞职，离开幻世网络游戏公司。公司对他们为幻世作出的贡献表示感谢，并祝他们前程似锦。

上帝走了，上帝摒弃了她创造的世界。

我的手机振动，显示一条来自幻世客服的信息：您好，您有一封特殊邮件等待查收，地点：海景公寓，有效期24小时。

这是琉璃留给我的信件！我立马赶回琉璃城。

我站在我蓝白色调的宽敞大厅中央。我打开好友列表，琉璃没有在线，她真的走了。

书房的写字台上有一个散发着蓝白色光晕的小球体，这颜色和书房原本的色调格格不入。我伸出手触摸它，指尖接触的瞬间，它表面淡淡的白光慢慢散开，刷去周围一切景物，我的四周变成一片白茫茫的虚无，不分天上地下。我明白这是个被创造出来的幻境。

琉璃出现在我面前，依旧是那身连衣裙，白如雪，润泽胜过玉泉河源头那不老之泉中哺育的贤者之石。

是仙女下凡，还是天使折翅？我更希望这是一次平凡的相见。

“我要为那天的事情道歉。那本该是一个美好的日子，琉璃城里的每一天都应该美好。我的情绪有些失控，希望你不会介意。”

“我怎么会介意呢？我……”

“我觉得是自己对一些事物过于执着。有些事情不是我能决定的。这些道理我早该明白。但理想应该是件严肃的事情，它必须执着，因此我会不顾一切找到那个解决的方法！”

白茫茫的背景慢慢化散，如奥林匹斯山上融化的圣雪，一点点侵蚀着琉璃的轮廓……幻影散尽，我独自站在书桌前。窗户外，那曾经被奉为永远阳光灿烂的天空竟飘起了雪花。这也许是上帝留给这个世界最后的一个神话吧。

琉璃是个好女孩，成熟但永远不世故圆滑。在她身上我能看出梦想不是一个目标，而是一种气质。

我凝望着窗外不再阳光明媚的海滩，凝望着阴沉的天空中飘荡的白雪。听说，这雪，要下十年……

上帝去寻求拯救世界的方法了，也许这就是命运。可命运开了一个过分的玩笑。

我看着窗外飘雪的海岸，回想那些发生在幻世的事情：琉璃城乌托邦式的美景，云霓朱苑里迷醉的生活，然后是欲望与金钱，接着高崖上出现莫名的指路人，还有奇怪的梦……如今琉璃离开，幻世飘雪十年。当初看起来毫不相干的事情，而今却又顺理成章。似乎我们都被蒙住双眼来预感与猜测现在。只有到了事后，当蒙眼的布条被解开，当我们认真地审视过去时，我们才会明白曾经的经历是什么，有什么意义。

世事真是奇妙。

我奇怪为什么那个陌生人会知道得这么多。那些关于我的一些私人事情他都知道。我得回去找他。

炼狱荒原中心附近的高崖依旧空空荡荡，没有玩家，也没有野怪。前方依旧是橘红色的浓雾，再前面，便是那道巨大的光柱，那个魔王被封印的地方。

陌生人没有出现。

我准备离开。此时，前方橘红色的天空像被撕裂的海绵一样被风划出一道裂痕，透过裂痕竟能看见外面清朗的夜空和闪烁的星辰。

我定睛注视，那被撕裂的云雾又慢慢合拢，不一会儿又恢复成原来的模样。

我回到琉璃海岸的海景公寓。我收拾房间，整理客厅，把窗台上的涂鸦与画布全都卸下来，把幻世·保时捷停放入地下车库。然后我把钥匙与银行卡一起，放回书房的桌面，仿佛我第一次来到这里时，听着琉璃激动人心的介绍。

我关上大门，默默离开。

剑文在楼下等我。

“好不容易才找到这里，我就知道你会在这儿。”

“我准备离开。”我说。

“离开？去哪儿？回云霓朱苑？”

“不，我准备离开幻世。”我直截了当地说。

“我知道你在开玩笑。”

“不，我说真的。”

剑文看着我，面无表情：“星辰已经走了。”

“什么？那家伙去了哪个家族了？”

“不，我的意思是，他离开荒原了。”

我大惊：“发生了什么事？”

“他和‘会三家族’的庄主私奔了，听说他们在琉璃城北部买了一套别墅，过着自在的生活了。多么甜蜜的结局。”剑文说着，自己都不禁笑了，“我也准备举行婚礼了，到时候你一定要来！”

我听了他的话啼笑皆非，最终只好说：“好吧，我尽量到场。”

第四章　星潮的指引

也许没有一种科学像天文学那样伴随着全部人类文明的进程，深刻影响着哲学、宗教和文化的进展，并把全世界人类团结起来。未曾仰望星空的人不会有深刻的思想，而探索宇宙的激情常常伴随着宽广的胸怀和纯洁的心灵。我们一切努力的终极意义和永恒价值是什么？人类存在的合理性和继续永久存在的可能性在哪里？当我们建立起清晰的宇宙概念并彻悟到自身的确切位置时，科学就会成为信仰的一部分。继续开拓知识的疆界，走向宏大和辽阔，是我们这颗行星上每一代人的不懈追求和无上荣光……

幻世为玩家开放了游戏的第三篇章——《幻世·星潮》。这是一个以整个银河系为背景的庞大的地图。在预告片里我惊奇地看到一艘艘飞船从宏伟的航天中心起飞，飞出行星系，穿越星际之门，在巨大的航空港补给，然后飞往目的行星的全过程。我完全被这神秘的太空吸引住了：庞大的人类太空建筑和神奇的星际之门，还有各种壮丽的星际景观，尤其是恒星密布的银河中心附近，那璀璨的星光遍布那里的整个天空，让黑夜也可以像白天一样明亮。

《幻世·星潮》，是继《幻世·琉璃》和《幻世·炼狱荒原》之后的又一个篇章。你可以说不断地开新地图是游戏营运的一种手段，但星潮确实给人另一种难以抑制的兴奋感，作为老玩家的我一定得去看看。而我去那还有另一个原因：在那无名的山谷里看见的被撕裂的阴沉天空里闪现的天空和星光。我认为那是那个陌生人给我的指引，是他把沉迷游戏的我从幻世中引导出来，然后把我引向一个有天空和群星的地方。我不知道那是哪里，我也不知道为什么他要用这样一个信号。但在这下着茫茫大雪的虚拟世界里，只有这《幻世·星潮》能联想到那裂缝中的星空。

它坐落在琉璃城遥远的上空，在琉璃城里的人们看不到它的存在，因为它在遥远的大气层外，也因为有造雪云层的阻挡。

我赶来参加《幻世·星潮》的上线仪式，连接星潮城的传送通道被设在了琉璃城最北边的针叶林附近的航天发射中心广场，那儿是琉璃城的北方边界。广场特地被建造成航天发射中心的样子。中间的飞船发射平台就是连接琉璃城和星潮航天港的传送点，玩家可以从这里进入星潮航天港进行全新的游戏体验。

来参加星潮城开启仪式的玩家陆陆续续地到来，此时广场还没开放，大家都在场外等待，议论纷纷，看起来我们都对新地图无限期待。他们期待新地图新玩法新体验，而我更期待能在那儿找到荒原里那个奇怪的陌生人。至少，我要在这找到他对我说的那些话的真正含义，“……你所看清的，就不仅仅是一个琉璃城的毁灭。”我想起他的话，还有我最后一次在山谷看到的撕裂的夜空。

离仪式的开启还有半个多小时，附近有一间茶餐厅，我准备去那打发这半个多小时的时间。

茶餐厅里坐满了人，几乎所有的人都是来这儿等待新地图的开启。我站在餐厅门口附近，张望这热闹的小店里是否还有空位置。听见一旁的人正在谈论星潮城传送点选址的事情，一个玩家说：“选择在针叶林附近是为了纪念通古斯大爆炸事件。”

另一个玩家说：“通古斯大爆炸？没听说过。什么事件？”

然后前者就开始给他详细地介绍事件的始末。

通过资料查询可以得知，通古斯大爆炸，是发生在1908年6月30日上午7时17分的俄罗斯西伯利亚埃文基自治区的大爆炸。爆炸发生的具体地点是在通古斯河附近、贝加尔湖西北方800公里处，北纬60.55度，东经101.57度。当时估计爆炸威力相当于100万～150万吨TNT炸药，超过2150平方公里内的6000万棵树焚毁倒下。这是一次神秘的爆炸事件。因此关于大爆炸的原因各界说法不一，根据事发地一些生物的变异迹象，其中有人认为是一艘核动力外星飞船在此坠毁引发核爆所造成的。

“嘿，伙计，叫你呢。”有人在吆喝。我循声望去，一个坐在餐厅中间的中年汉子对着我喊话，于是我向他那边走去。他所在的那张桌子已经坐满了人，有男有女。我随手拿了张叠在墙边的凳子，找了个缝隙把凳子塞进已经满员的圆桌，然后坐下来。

“这位帅哥，你也是来参加星潮城的开启仪式的吧？”

“是的。”

“我们都是，大家有缘能坐在一起，谈论下这星潮城。”喊我的那个汉子说，“这星潮城的地图广袤无边，那一定有不少星际宝藏。我要买艘飞船，做回星际海盗，寻找外星人留下的宝藏。”

“他是看科幻电影看多了。”坐我旁边的一位女性笑着说，“我听说这里对星座有很详尽的描述，并且还可以看到不同的星座，所以我和我朋友特地赶来这。”她指了指坐在她旁边的另外一位女玩家，“我们很信星座缘分的，我和我朋友都是天秤座，你呢？”

“巨蟹。”我很礼貌地回答。

“巨蟹男不错，和很多星座的女孩子都很配。”她的朋友凑过来说。

“我说现在的女生啊，居然还信这些破玩意儿。”坐在对面的另一位年轻男子开口。

“那你是来这做什么的？”女生毫不客气地问。

“我来这是打算看看外星人长什么样子，我要亲身体验第三类接触，看看和那些头大得和身体无法协调的生物面对面会有什么样的感觉。”

…………

他们很快就把目光从我身上移开，去追逐更新鲜更有吸引力的话题。

显然，他们都不是天文爱好者，他们是为了游戏本身而来，来看外星人，来寻找星际探险的刺激，甚至来学习那些可笑的计算姻缘的占星术。或许玩家们通过星潮城可以对天文学有个全新的理解。

所谓天文学，是一门高贵的学科，研究的是那些我们从未接触过甚至未曾接近过的空间天体、结构和规律。它是一门古老的学科，是我们古老祖先对灿烂星空的好奇、敬仰，还有畏惧……从16世纪中哥白尼提出日心体系学说，到1609年伽利略制成第一架天文望远镜，然后是牛顿、哈勃、爱因斯坦……我们通过观测，向外发射电波去感知它们的起源和演化，甚至未来的结局，从宇宙大爆炸学说，到大反弹学说，再到弦理论、膜理论。我们在寻找关于那无限深空的所有真相，也是在寻找人类自身的未来……

而占星学，一般认为它起源于公元前两千多年的美索不达米亚平原。出于对星空的好奇与未知，古老的先民试图通过天体的相对位置和相对运动（尤其是太阳系内的行星的位置）来解释或预言人的命运和行为。它试图利用人的出生地、出生时间和天体的位置来解释人的性格和命运。

自从望远镜被发明后，天文学和占星学就彻底分道扬镳了。由于声称可以预知未来和命运，占星学受到许多国王、教皇等统治阶级和上层人士，以及许多宗教改革派的青睐。到今天仍有许多占星学的信奉者。而最可能发生在你身边的占星学，便是诸多年轻人挂在口边的“星座”。

让人纳闷的是，千年前那些占星术士研究的那稀稀拉拉的肉眼可见的星星，到现在竟然不见有任何扩展，而天文学在这千年里已经把距离拉开了至少百亿光年。我猜在那些声称自己对星座姻缘有多么了解的年轻人里，至少有大半不知道十二星座的划分，他们根本搞不清为什么在属于天蝎座的11月份的夜晚却看不到天蝎座的踪影。

不过在这儿等待星潮开启的玩家里也有许多对星空相当了解。比如坐在靠门的那桌的一个哥们就一直在大谈星际旅行。他说现在人类能实现的只是亚太空的商业旅行，旅客只能在一百多千米的高空感受轻微的失重和俯瞰地球的全貌，并且旅行时间太短，最重要的是价格昂贵，这让许多人望而却步。他猜测以后太空旅游业会成为一种可以自由竞争的行业。不久之后会有一座商业太空城，人们可以在那里享受完全失重以及更大的太空视角，并且价格不会那么贵。人们一生不能不去的100个地方里将会包括太空。太空旅行将会成为一种大众旅行，和现在我们等待登上星潮城一样简单。

整点，星潮城的开启仪式正式开始，在场的所有玩家悉数走进航天广场。三架依附在运载火箭上的航天飞机并排矗立在广场中心的发射平台上。两侧的两架代表琉璃城和炼狱荒原，中间的太空梭则是星潮城的象征。接着发射平台上的机器开始运作。广场上传来洪亮的发射倒数声，在场的玩家跟随着声音一起倒数，“3、2、1”。

——伴随火箭推进器启动的声音，运载火箭搭载着航天器开始升空。燃料燃烧后形成的云气瞬间笼罩住发射台四周。火箭推进器一直在上升，喷射的尾迹渐渐形成一道连接着发射平台的光柱。数分钟之后，光柱那一端的天空闪现出一抹绚烂的极光——那边就是星潮城所在的地方。

伴随着游戏世界频道里主持人激昂的宣告，琉璃城上空的星潮航空港正式开启了！

参与开启仪式的玩家随机获得了相应的游戏奖励。然后，我们便通过发射平台上连接天空的那道光柱进入星潮城，开启崭新的星潮之旅。

一、星潮城

星潮的主城是星潮城，一座巨大而繁忙的航空港，静静地悬浮在琉璃城上空的卫星轨道上。

在这里，一艘艘庞然大物停泊在支船架上，如果你来得巧，或许还有机会目睹那些钢铁巨兽降落或者升空的壮观场面。

整个空港的90%的区域都作为上述的飞船停泊起降之用。在这数平方公里的巨大范围之内，飞行机器、管理人员，还有伺候前两者的电子计算机有条不紊地运行和工作着。只有10%的空港面积留给了川流不息的旅客。这是通往银河系其他星系的必经之路。途经这里的人们很容易被这浩大的太空建筑震撼住，惊叹那些正在缓缓降落的看来如此渺小的铁家伙，实际上却是数千吨的庞然大物。

我站在航空港巨大的候机大厅仰望这恢宏的建筑，这候机大厅真大得有些让人无法接受，我竟觉得自己是如此渺小。而我在这儿找一个人，算不算是大海捞针？

如果能从NPC那里找到些线索就好了。于是决定逐个打探这星潮城里的NPC，看看能否找到那个陌生人，或者，至少能找到一些关于他的线索。我有种直觉：他是这里的人。虽然男人的直觉相当不准。

我花了很长时间才把所有的NPC探访了一遍，和其中一些NPC交流了几句，另一些则是远远地窥视一下，最终没有任何线索。会不会还有别的什么地方隐藏着一些NPC？我这才发现我的导航仪所显示的区域只有航空港内的空间，空港以外的星空世界还处在锁定状态。

这游戏都是这样，你得先熟悉一个地方，等你等级升高了，才能去另一个地方。看来，我得从头做起才行。

星潮新手指引者告诉我：星潮城有着它自身的等级系统，玩家通过升级去探索星空的不同地方。对于新手来说，我的首要任务是了解这航空港的结构和功能。在15级之前，我必须完全了解这个航空港，这样会有助于我在星潮进行各种游戏任务。等级达到15级以后，更大的地图被开放，我就可以到下面的主行星上去，那里的任务等级大都在15到25之间。等我升到30级，我就可以租一艘太空船到附近的星区走走。等到了55级，我还有机会到大型的星舰上，参加规模恢宏的星际战争！

看着穹顶外黑色的星空，我仿佛就能看到一艘艘排成战斗方阵的星际战舰，就像电影和游戏里的场景一样，此刻我只有一个念头，就是出去看看。那深邃的黑色几乎让我忘记了我来星潮城的原本目的。

玩家通过完成一系列简单的任务来了解星潮城的各种人物和设施。玩家可以从中获取许多关于星港的知识，比如港口的各个组成部分、星际航空港的各个功能区的作用，还有必要的星航法规和注意事项。

我在港口里找到相应的游戏NPC，我在他们那儿接受相应的任务，他们会给我登记。我完成任务之后，他们就在任务列表上盖章，这样我就获得了相应的经验。这时我身子四周会出现五颜六色的光，表示接受的任务已经完成。

“织女星的烟草”是我接到的第一个剧情任务。任务内容是我要把从织女星运来的烟草从到港的远航货船上卸到港口，然后再从港口装运到星潮城航空港下面的星球，提供给那里的富商和官员享用。

货船停靠在一号港的支船架上，我将有机会亲自接触这些钢铁巨兽。

织女星的烟草，虽然我不抽烟，但我能想象出来自织女星的烟草应该会别有一番味道。

然后打开导航仪中的寻路系统，找到一号港，按照系统上显示的指示走去。任务助手里甜美的女声向我介绍织女星的概况——当然，这声音只有我一个人听得到：

您现在正在进行的是剧情任务：织女星的烟草。您的任务是把“织女”号远航货船上的20箱织女星烟草卸到港口的指定位置。织女一，天琴座α，英文俗名：Vega，是天琴座的主星，又名织女星。织女一是天空中最亮的恒星之一，视星等0.0；它是位于夏季大三角的直角顶点上。在80年代，IRAS卫星发现织女星被一尘盘包围着，最初认为是一原行星盘，而现时则认为是一“碎片盘”，这是因为织女星本身仍年轻，只有2亿年。上个世纪我们侦测到该尘盘存在不寻常的地方，指出织女星有可能有行星存在。

我去到一号港的货物装卸控制室，控制专门的装卸机械臂，可以把货船里的货物卸到港口的指定区域。每一艘远航货船里装载着大量的货物，每个玩家只需要卸下其中的20箱货物就算是完成任务。

当足够多的玩家把货船里的货物都卸下来，它就会重新启动它那巨大的推进器，离开空港，花上数十个月的时间，穿越好几个星门，前往织女星系，进行新一轮的烟草收购。当然，在它离开空港的那段时间会有另外的货船到港，运来别的也许你从未见过的新鲜玩意儿，为其他玩家提供任务。所以，当你看到飞船不停地在此升升降降，那必定有相当多的玩家拥挤在这个巨大的航空港里。

把货卸完后，我到一号港的仓库管理员那交了这个任务，于是我的等级上升到了15级，我周围闪出了各种红色和紫色的炫光。

“恭喜你升到15级，现在你可以去城主那儿，他会告诉你接下来的任务。”新手接待员面带微笑，指着窗外灿烂的星空对我说，“你已经有能力去迎接外面世界的挑战了！”

当我完成这些新手任务，我发现自己学到了不少东西。空港里各种设置的功能自然不必多说，我还认识了点点星光组成的银河系旋臂、梅西叶天体，还有各种星云星团，仿佛我就在上演一部以航空港为背景的科幻电影。没想到在这虚拟的幻世竟能如此真切地感受科幻小说里描绘的未来蓝图，算是一番奇特的享受。我看着悬窗外美丽的星空，不久之后，我就可以乘坐那巨大的飞船，投入那汹涌的星潮了！

离开一号港，我几乎是跑着去找星潮城城主，他会为我指引接下来的深空之路。城主是一位身材高大的老人，他眼神深邃，脸上刻着的皱纹就像是被宇宙粒子风吹裂的土地。相传他以前是一个星舰编队的司令，曾经征战四方。即使现在老了，他仍旧带着那种强烈的气场，让人敬畏。

“你的任务完成得不错。”城主翻阅我的档案。

“我的下个任务是在航空港外吗？”我问。

“不，孩子，你还远没有达到进入太空的要求。据我了解，你目前没有星航记录，这是你第一次来到星潮航空港。你不知道外面的世界有多险恶。如果你就这么没经过训练而乘坐飞船离开空间站进太空，就算你没遇上陨石、小行星或者飞船故障，无处不在的低重力环境就可以把你杀死。”

城主把我领到星航培训基地，我在短时间内要学习各种太空基本技能的培训，包括星航饮食、航天服的使用、药物的服用规定和各种基本应急措施，还有如何适应长时间的航行带来的孤独寂寞与颠倒时差等等。

短暂但内容丰富的培训过后，城主告诉我，现在我可以离开这空港到外面的世界了。城主为我打开了限制地图，导航仪上，我看见一个绚丽的星盘——银河系！

这是一个庞大的人类帝国，疆域覆盖整个直径十万光年的银河系，从银河巨大旋臂的一端到另一端，其间包含数百万个世界，皆为人类帝国的势力范围。

川陀，是这个巨大的人类帝国的政府中心——帝都，事实上也位于银河中心附近的区域，周围是人口最集中、工业最发达的行星系统。

巨大的银河帝国划分区域进行管理，以星省命名。巴奈德是盖亚星省的首府，位于银河帝国的外围地带，涵盖广阔的空间。相对于银河中心，这里的恒星要稀疏很多，而我们所在的星潮城空间站就位于巴奈德主行星的上空。

星门是连接遥远行星系的必需通道，它是一种稳定的超空间通道。至于它的来历以及原理，至今仍是个迷，一般认为是古老智慧的结晶。

在帝都的银河边缘的大片区域被认为是蛮荒地带，那里人烟稀少，资源贫乏，却不时发生许多奇怪、难以解释的事情。也正因为这样，这里流传着许多脍炙人口的星际传说，比如……

跟随着介绍，地图上显示出银河系中各种壮丽的星团，弥漫的星云，还有体型巨大的星舰、神奇的星门……

真是太神奇了！

城主为我准备了新的任务："巴奈德市的一位政要跟我联系，说巴奈德的油价疯涨，问我有没有解决的办法。我答应选个时间与他讨论细节，但一直忙于工作无法抽空走开，你能否替我跑一趟？"

"当然！"

二、巴奈德

巴奈德市，这颗名叫巴奈德的星球上的首都城市，实际上也是唯一的城市。这里有着被精心开垦过的丛林、被适度调整过的海滨，还有城市中心富丽堂皇魅力四射的帝国宫殿，无不反映了这里的人民不断开发巴奈德的脚步。

这里的相当一部分居民从其他星系移居而来，因此巴奈德也算是一个移民星球。他们唯利是图，对巴奈德有着难以磨灭的深刻印象，因此才不远万里来此定居。他们带来不同的思想、文化，还有财富，他们在此享受各种快乐，用金钱贿赂这里的官员，过着神仙一般的生活。

腰缠万贯者用金钱买通各路官员，垄断各种从世界各地运来的商品，从而牟取巨大的利润；上层社会则官官相护以稳定他们的地位，从而能搜刮更多的钱财，然后把自己的子女送往更发达的星区深造；小康家庭为了更好地发展，宁愿花上1/3的积蓄在一些好的单位购买一个职位，然后在合同期满之前想尽办法把花在买职位上的钱赚回来；外来打工者，那些生活相对更加困难的人，也许只有靠着他们强劲的劳动力输出才能在这个社会里占据一席之地了。

在这里，一直没有改变的，是巴奈德上奢侈的享乐。来自银河系四面八方的人们享受着适合各自消费层次的花样繁多的乐子，富人有富人的享受，穷人则有穷人们自己的乐趣。在这股享乐的洪流中，我的加入并没有引起丝毫的波澜，甚至一滴水珠都称不上。我乘坐的登陆船在巴奈德最大的机场着陆，然后，我就被引到一处中产阶级消费区——巴奈德海湾——在这里，休闲享乐当然是合法的，甚至是高尚的。

我选了一个有着宽阔观海阳台的别致旅店住下。这家只有5层楼高的小旅店，事实上比它与海滩之间的建筑都要高出许多，所以这里大多数旅馆的阳台都能看到海滩的全景。

早餐和报纸一早就已经为我准备好了，这样的服务绝对让人满意，当然价格会很高，这或许也是巴奈德的特色之一吧。我坐在阳台特设的观光休闲椅上，享受着湛蓝色的巴奈德海湾和初升的白色太阳。

生活中有件相当享受的事情，那就是在清早的阳光下，面对宽广的海景喝咖啡，看报纸。

《巴奈德早报》的今日头条，封面上加粗的巨大黑色字体是：巴奈德能源部部长涉嫌贪污3000万巴奈德币被拘留受审。接下来的小字副标题是：这是继太空总署以及巴奈德稀有矿产开发部被曝光巨额受贿丑闻之后，5个月内第三起受贿事件。上面写着：

这是一个讲究人情的社会，办什么事都得花些钱：考个飞船驾驶证要贿赂下考官，看医生做手术要塞个红包给主刀医生，更别说要通过关系找一份工作，甚至有时候你花了钱也未必能达到目的……这是一种赤裸裸的腐败，它成了这个社会中一种另类的制度，一种另类的文化。它从一些寄生阶层蔓延至整个社会，甚至已经生活化。这时的腐败者已经不再力图掩饰其腐败行为，而是以腐败相炫耀，相标榜。拒绝腐败已经无法引起公众的敬仰，甚至得不到公众的同情，而成为公众讥笑与轻视的对象。

原来这个表面上看似喧闹繁华的享乐天堂早已被腐败侵蚀得体无完肤了。

门突然被推开，我转头看去，门口站着一个穿着巴奈德政府官员制服的陌生男人。我认得那身制服，航空港上的官员制服都是这个样子。

他扫视周围的环境，然后对我说："你的门开着。"我站起来，警惕地盯着他，这是对未经允许进入的陌生人的本能反应。

"我叫瑞欧斯。原谅我擅自闯入您的住处。"他走过来拿出证件递给我，"城主告诉我会有一个绝对优秀的人来帮我处理一些事情。他本人一直很忙。”

原来他就是那个提供任务的人，竟然是这里的官员。身高大约一米八，身体健硕，巴奈德人特有的肤色，戴着一副黑色墨镜，看起来年轻，盛气凌人。我拿过他的证件，上面写着“巴奈德内政部职员”，果然来头不小。我用导航仪上的摄像机拍下证件照，然后传给城主等他来确认。数秒钟之后，城主回复信息确认：就是他。

“我能坐下吗？”瑞欧斯问。

“当然。”

“实在很抱歉用这种方式打扰您。”他坐下，“我只希望我们的见面能尽量不引起其他人的注意。”

三、寻找魔法师

“从我做起”有多困难，需要多高的觉悟才能让所有人都接受并付诸行动？有些事情必须从我做起，否则这个世界没有未来！

“巴奈德的能源近乎枯竭，家用的能源大部分都是来自地热，你应该也看到了，这儿的地下建筑相当发达，就是因为能更好地取得地热作为能源。这里也有水能和风能，但成本高过地热发电，所以占的比重相当小。至于那些不可再生的燃料，现在绝大部分都是依靠附近行星的开采和进口，我们缺乏先进的空间采掘工具。因此成本相当高，但它又是必需的，因此，你懂的，没多少人能支付得起。”

“没有核电站吗？”我问。然后他惊讶地看着我：“你知道核电站？城主告诉我你是外地人，一定见过核能。”看来我说中了要点。

“是的，我见过。有什么奇怪的。核能可以产出巨大的能量。”

“传说我们的父辈有普遍使用核电站的经历，它是一种从中心世界引进的技术，能释放出巨大的能量。但不幸的是发生过两次泄漏，死了很多人，死相凄惨。后来，政府因为这件事下令把电站关闭了，如果我没记错的话，发生泄漏事故的地方至今还是禁区。那里土壤不生长植物，没有鸟兽，甚至连飞虫都无法生存，那是个被诅咒过的地方。”

“你没见过核电站？”我有些怀疑，于是追问下去。

“这里以前有过，但是在我出生前就彻底关闭了，他们说那是比瘟疫还可怕的东西。巴奈德三号星球上有个已经停止使用的核电站，是现在这个星系里唯一剩下的一个了。但是，它其实并不是什么可怕的瘟疫或者诅咒，它是种相当优秀的能源！”

“它一直都是最优秀的能源，”我说，“你应该重新引进这种能源，尤其是在这个能源危机期。”

“现在整个星区内的世界都在排斥这种能源。我曾在帝都学习过一段时间，发现银河中心附近的世界依旧使用核能，但他们管制相当严格，不容易弄到。不过，”他来了一个转折，故意压低了声音，“我们收到一些消息，一些星际传说，在边远的星系存在着一个魔法师种族，他们能控制强大的能量，有刀枪不入的能量护盾和无坚不摧的能量武器！”他的话语里透着极其吸引人的神秘，让人总想继续听下去。

“只是传说而已。”

“不，不完全是。据可靠的说法，那些魔法师曾经去过斯文纳，那是一个偏远的行星系。我需要你帮我一个忙，帮我去证实这件事，去找到关于那些魔法师的线索。”他说得相当严肃，不像是在开玩笑。

“我？你要雇一个外地人帮你做这事儿？这可能不符合这儿的规矩吧。”我把报纸推到他面前，“他们会同意吗？”

“你也知道，官员确实是件麻烦事。垄断太空开采稀缺资源一直是官商牟取暴利的主要手段，引进新的事物必然会破坏他们的利益。你要我按正常途径去办这事，他们不会同意的。”

“也许还有别的办法。”

“那么你的建议是，我什么都不做？或者干脆沉入他们的规则中分一杯羹？你不知道这个世界有多么混乱，这里的人缺少最基本的生活安全感，富人离境去更好的星区生活，穷人留下来没有底线地拼命赚钱给自己壮胆。这些问题的背后总有原因，也总要有人解决它。有些事情必须从我做起，否则巴奈德没有未来！”他显得有些激动。他稍稍停顿，平复一下自己的心情，然后继续说：“你是城主推荐的外地人，你见过核能，和这儿的官员没有关系。我希望你能帮助我。”

我惊讶这位官员居然会有这样的责任感。“有些事情必须从我做起”，这会是一位当官的真话吗？但我还是相信他。

“我要怎么做？去斯文纳？”我问。

“是的，在斯文纳有一个叫欧南·巴尔的老人，希望他现在依然还活着，如果他不在，那你就得花些功夫找到他的后裔。传说魔法师跟他有过交流，我查过很多种说法，他就是这个传说的源头，一切流言皆由他起。他肯定知道很多。你必须找到他，然后拿到那些关于魔法师、关于那些巨大能量的资料！”

这茫茫星海竟是如此神秘，无奇不有，我可真想去看看，说不定真的会发现些什么。“我接受这个任务！”

“我还没说报酬呢。”

“报酬？哦，有报酬那当然更好了。”

“我们已经把一部分钱存入你的银行卡了。你知道的，我们的任务不能太过惹人注意，你得自己去准备一下这次长途旅行。这附近有几个星旅超市，你可以去买些星际旅行的必需品。事成之后还会给你另外的奖励。我的人会在这几天安排好飞船。对了，你必须保证这是一次单独行动，不允许更多的人被卷进来。”

“什么？单独行动？”

“是的，有问题吗？”

“没，没。”我没敢说我是胆怯还是激动，我没有深空探险的经验，更别谈单独行动！

“我什么时候出发？”

“我会给你通知的。我相信就在几天之内。”然后，那个瑞欧斯就安静地离开了。此时观景阳台上又剩下我一个人。原来这就是我的任务，到边缘的星区去寻找一种传说中失落的能源。可那毕竟只是传说，在这无边银河里，各种各样的传说不断被重复，每一次都被来自不同世界的想象力添油加醋，变得面目全非，完全不记得它原本的模样。魔法师？哼……

我去了附近一处自助查询机查了卡中的余额，上面显示的数字让我大惊，竟是80万元！这数字比我在魔法平原用漏洞采矿赚来的钱还要多上好几倍。看来他确实大有来头，我的住处，我的银行卡号都了解得一清二楚，莫非他还知道我的原籍？

我取出银行卡，把它握在手中，心里美滋滋的，就好像天上掉下了大馅饼。这只是其中一半酬劳。现在我的任务就是帮他找到传说中的能源，完成任务之后我就可以得到另一半酬劳。这看来算是一份肥差。

我去了一家最近的星旅超市，一路上车水马龙，人潮汹涌。这里有来自银河系各个星省的人们，他们身着奇怪的服饰，手边也总会有些奇怪的物品。虽然大家都使用同一种人类语言，但却带着各种各样的口音。他们带来了不同世界的文化与信仰，把这里打造成繁华热闹的移民都市。

显然这样一个有着各种文化的集散地也有着自己的烦恼，那就是难以管理。每一个街区和行人路上都会拉着各种告示或者横幅，告诫人们要保管好自己的财物，宣传良好市民的意识，并且保安随处可见，像稻草人一样站在街头。

林子大了什么鸟都有，这是个鱼龙混杂的城市，什么事都可能发生。

我找到一家星旅超市，这里的货物齐全得无可挑剔，星际旅行所要用到的所有物品全都整齐地陈列在货架上，各种款式任你挑选，当然还少不了来自世界各地的特产、纪念品等等。

我在自助系统上查询了关于斯文纳的基本情况，包括空气成分、压强等基本生存条件，然后购买了相应的保护服和气压调节器。最新的地图是必不可少的，我还买了特制的相机和眼镜——店员介绍说，飞船进入星门进行空间跳跃的瞬间，光会随着时间乱舞，很难有机会看到那神奇的场景，所以绝对值得纪念。我不确定这是否是店员推销产品的手段，但我的确没有经历过空间折叠的瞬间。

我还选择了斯文纳的旅游指南，供我在漫长的旅途中打发时间。当然，少不了的还有一大堆以前从未见过的食品，以及一些必备的太空药。

食品和药物的货架上都用红字标注了“绝无有害成分，请放心食用”的醒目提示。我问一旁同在选购星旅食品的中年妇女：“有这标志和没标志的商品有啥区别？”

“看来你一定是第一次来这里，过去几个月在这里发生了十多起食品中毒的案子，死了好些人，都是些黑心的商人用那些低劣的原料做的。所以在挑选商品的时候要尤其小心，最好选择那些从其他星省进口的，价格虽贵，但还是让人放心的。”

我想起瑞欧斯说的话：这里的人缺少最基本的生活安全感，富人离境去更好的星区生活，穷人留下来没有底线地拼命赚钱给自己壮胆。我大概明白了他的意思。

谢过那位妇女的提醒，我把刚才随手扫进购物车的食品又重新筛选了一番。

瑞欧斯为我安排好了行程。我将乘坐一艘小型客船，从巴奈德出发，途中会穿越一次星门，然后经过盖亚星省边界的一个中转站，最后抵达斯文纳。整个行程大概要花上十几个小时的时间。

我拿着瑞欧斯给我准备好的证件，在航空港的5号入口排队登机。显然，我觉得自己看上去会有些紧张。通行证上有我的照片，名字是杰洛士，来自盖亚星省，一般星旅人员。证明上写着去斯文纳的目的是旅游。

原来我成了去斯文纳寻找能源的特务。

安检由机检和人工核准组成，安检官很认真地核对我的通行证，然后还有指纹验证。我都轻松地通过了。我忍不住回头看一眼安检官的表情，看起来一切正常，并没有什么不对劲，我心想，瑞欧斯居然把我的指纹也弄到了！

一切都在低调安稳中进行。

从狭窄的乘客入口看不见船的外表，实际上只有一个进入飞船的通道。只有进入客舱，才能通过舷窗窥视飞船外的某处钢板，那些钢板上的纹痕清晰可见，显然是小陨石或者太空垃圾的杰作。看来这艘飞船已经在太空中打拼好些年了。

我找到自己的座位，安置好自己的行李，然后坐下来。座位也相当舒服，船舱不大，但有足够的活动空间。我对这趟航班相当满意。原来这就是星旅。

星航小姐在清点人数，然后是例行宣读航班条例，还有各种注意事项。接着是启航提示，几声平稳的震动之后，飞船脱离航空港，航程开始。飞船在离开空港一段距离后开始加速，前往附近的“巴奈德星门”。

星门是一种大尺度空间旅行的渠道，你可以把它理解成多啦A梦的随意门，从这边进去，然后便可以从另外一个遥远的地方出来，几乎不用花多长时间。

星门不是我们建造的，传说它们是古老智慧生命的遗产。人类在早期的星际开荒探索时发现了它们，并利用它们进行星际开发。星门的发现极大地加速了人类开发银河系的进程。可惜至今为止，人类还没弄清楚星门究竟是如何建造的。我们研究星门已有数百年的时间，证实了它是通过巨大的能量在瞬间释放而创造出来的空间折叠效果。但是到目前为止，我们还弄不清楚如何才能使空间折叠如此稳定地存在，不会因为能量用尽而自动消失。

此刻，“巴奈德星门”已经悬挂在飞船前方不远处的太空之中。

飞船发出了穿越星门的声报。我戴上专门为此准备的眼镜，系好安全带，迎接这神奇的一刻。

穿越！飞船没有丝毫不安的振动，舷窗外的星空和飞船自身发出的光被星门里的混沌打散开来，拉长成各种绚烂的光带。

我凝视着窗外每一道光变，直到它们消失在视线的尽头。不久，飞船从星门中钻出来，光变消失，复以光点星空。

四个小时之后，我们在盖亚星省附近的中转站进行短暂的休整。这个中途站是专门为小型航班而设的，飞船在这里进行小量补给和维修，乘客和船员可以在此休息。

中转站里可活动空间相当小，我还是第一次见到如此狭小的空间站，加上这里地处偏远的银河边缘，远离行星密集的航道区，就连到站的航班也相当稀少。真不知道这里的空间站站长和那些守卫的士兵平时是怎么过的。

在这狭小的太空站里，我得找个地方打发一下时间才行。这里最热闹的地方是一家小酒馆，实际上里面的客人并不多，大都是一些等待下一航班离开的过路人，比如我。还有那些常年穿梭于星际之间的商人，天知道他们为啥会来这鸟不拉屎的地方。

我选了张靠边的桌子坐下，拿起餐牌，上面可选的品种不多，上面的饮品大都没见过。老板（我觉得他应该就是老板，这小小酒馆也没必要请个服务员）慢悠悠地走过来，带来一股浓重的酒精味。

我点了杯巴奈德果酒。

舷窗外的世界一片空无，看不见行星，没有任何参照物，若不是感觉到自身的重力，还真不知道这小小空间站在自转。这里仿佛就是黑暗的最深处，头顶上是最深黑的天幕，只有稀稀拉拉的群星点缀其中。

我不喜欢这个地方。

老板把酒放在我面前，我还没来得及说谢谢，他就已经在桌子对面的椅子上坐下："你是准备去盖亚的？"

我点头，走这条航道的船基本都去盖亚星区。

他得意地往椅背上一靠，继续说道："大多数路过这里的人都是去那个地方，那地方我也去过。"

"哦？"我把身子稍稍往前倾，继续听他的故事。他周围的空气散发着汗味和酒精搅和在一起的刺鼻气味——我开始怀疑他接下来所讲的故事的真假。

"那是个相当淳朴的世界，当地人对待我们这些虚情假意的外星人都很热情，比起那些杂乱的首都行星系团里的世界，那里淳朴多了，你和当地人的交易绝对用不着担心被骗。哦，对了，"他突然压低他原本就低沉的声音，凑到我跟前，我顺势地往后靠了靠，"在那儿你只需要花很少的钱就可以找个上等的小姐陪你过夜。"说完他嘴角上挂起一丝淫荡的微笑。

我附和式地笑了笑，拿起酒杯品了一口巴奈德星运来的上等果酒（说实话，天知道它是从哪里运来的），绿色的液体随着太空站自转形成的重力流下食道，酒精开始刺激食道上的每一个细胞，我感到一阵快意。

“我知道你要去哪。”

我再一次看着他，然后放下手中的酒杯。

“你要去斯文纳。”

我有些惊讶，他居然猜对了。

他看着我惊讶的表情，开心地往椅背一靠，然后开始说话，喝多了的船员说话总是脱口而出，“路过这儿的人们很多都是去那里，嗯，他们当然会路过这儿，这里是离斯文纳星系最近的中转站。那是个神秘的地方，在这边远的星区里流传着各种各样的传说，关于魔法师，那些可以展开个人护盾的妖怪，而传说那些妖怪就在斯文纳。”

原来不止瑞欧斯一个人知道这个传说，已经有很多人去斯文纳寻找那个失落的能源了。看来他知道许多，于是我试着问他：“斯文纳真的有这些妖怪？”

“有些人去寻找过，但都两手空空回来，我觉得嘛，要是你碰到了那些妖怪，你恐怕就回不来了。”

看来没人成功过。也许根本就不存在。

此时，酒馆中间的一桌人的说话声渐渐大了起来，足以引起整个酒馆的注意。

“他们是？”

“商人、矿工，还有一些为了生活不顾一切的星际稀缺资源的采集者。”他的表情和话音表露出他对那些人的不屑，“他们常年在星际间航行，有时甚至一去就是几年。只有当他们累了，缺食物了，机器坏了，或者是完成任务了，才会到这些空间站休息一两个星期，然后继续干他们的那些活儿。”

“他们又要讲故事了。走，去听听他们讲的那些星际奇闻吧，我打赌你一定会着迷！”说着，他随手拉了一张椅子，在靠近那桌人的某个地方坐下。我跟了过去。

“有一次，我拉了几百立方米的压缩气溶胶前往德凤星域，当我一头扎进星门时，我看到的不仅仅是那些被打散的星光，还有那个飞船方阵。

“那方阵真是太壮观了！真的，就算把整个帝国所有的舰船都拉出来排好，大概也不到它的一半大，几个光时内都是飞船，数不清的飞船，而且它们居然能在平行空间里如此航行！真是难以置信，我当时就吓坏了，幸好不久后我就跃出星门，掉头就跑了。

“我把这事儿写进飞行报告，记录下了那个星门的坐标。这太疯狂了，那么巨大的舰队……但调查员去的时候却什么也没有发现，我觉得我也许看到的只是幻觉……也许没有。”

“哈，你看到的也许是上古时代的影子。”另一个飞行员大声说道，“飞船……我看到的东西比你看到的奇怪多了！”

酒客们好奇地转过头来。

“我的工作是驾驶飞船潜入恒星的外壳，在极度高温中去捕捉那些非常稀有的粒子，别人管我们叫‘盗火者’。那工作相当危险，就跟在熔炉边上跳舞没什么两样，但我从来不害怕，除了那一次。

“那次我去的是一颗垂死的恒星，一个深红色的巨大气体星球。当飞船靠近它时，星冕就像爪子一样要抓住你，恒星耀斑像嘴巴一样要吞掉你……我不怕这个，我就是在这些玩意儿之间干活的。但是我遇到了一些奇怪的东西，就像……就像海蛇一样，很长很巨大，在恒星火焰里翻滚，看上去强韧无比。那时候它仿佛发现了我，跳离火海向我伸来，它的速度很快，带来的高温度差点把我的飞船防护罩都熔掉。我吓得立马逃离那可怕的恒星。现在想起来，那时候哪怕我掉头稍微晚一点儿，也许我的飞船就变成灰了。

“我敢肯定那是活物，它追着我，直到我飞出星冕层它才缩回恒星里去。我把这事儿写进了报告，结果竟然是换来一顿心理评估。以后我他妈的再也不想跟那些星门管理处的蠢货说实话了。”

他们的讲述吸引了更多酒客的围观，他们并不介意，反而把嗓门提得更高。

“我看到的东西不是什么飞船，我也没跑错路，绿玫瑰星系，一个新生的星系，很多矿产，我受雇于一家太空科学研究院，去那里采集指定的样品。那个地方几乎不能被叫作星系，弥散星云把整个空间都填满了，而那颗可怜的恒星像粽子一样被包着。那恒星只有一颗行星，上面除了石头就是冰，荒凉得要命。我们在那附近收集矿样和一些稀有气体，并检测各种太空射线。就在我们穿越星云的时候，我看到了一些……一些像三角形的东西。

“它们简直是太庞大了，一个大概就有两个太空站那么大，都是暗灰色的，和我们方向相反，从恒星那边过来，向着行星方向飞去。我很好奇，就掉头跟着它们。它们飞向行星，笔直不回头，一直撞向那星球表面上，撞得粉碎，一朵朵银白色的花，金色的火……然后从那火焰里，有些奇怪的东西生长出来……”

他们讲述着一些星辰之间奇妙的事情，那些离奇的故事很容易就把我深深吸引住。我在这星辰间也算飞行了不少路程，怎么就没些奇特的事情发生。

“他们说的是真的吗？”我问酒店老板。

“你可以遇见比他们说的更离奇的事情，但不管遇见什么，最好别在航程中遇上飞船故障。”

再次登机的时间已到，我把最后一点酒倒进口中，然后和酒馆老板道别。

“下次回程路过这儿，酒钱算我的！”很明显，他喝多了。

长时间的太空旅行绝对不是一件开心的事情，原本还觉得窗外的星空无比新奇，慢慢地，新奇变成了对着窗外的深空发呆，最后干脆闭上眼睛，小憩一下，希望下一次睁开眼的时候能到达目的地——斯文纳。

我按照老旧的地图在斯文纳的一个小镇上找到了地图的标注地。欧南·巴尔也许会在这儿，或者在这儿附近——如果这幅老旧的地图和那个被添油加醋过的传说正确的话。

地图标注的地方附近只有为数不多的房屋，我打算随便找个人家问下路。

我推开一扇半掩着的大门，一个老人正安详地坐在房子里。

“您的门开着，”我说，“原谅我不请自入，我只是想问下路。”

“你想去哪儿？这儿荒无人烟，往东有个小镇，我可以告诉你怎么走。”

“我来找一位叫欧南·巴尔的人，我听说他就在这附近，但我的地图很旧了，我不确定他是否就在这儿，或者您能给我些帮助。”

“你想要什么？”老人用硬直的眼神看着我，看来他就是我要找的人。

“我叫杰洛士，来自很远的星省。”

老人很自然地点头：“你的口音已经不打自招了。”

“星辰间流传着这样一个传说，有一个会让自己周围产生护盾的魔法师来过这里，他因为某些目的接触过这里的一位当地人，事后他把那个能产生护盾的魔法武器送给了那个当地人。”

老人看着我：“我就是那个当地人，欧南·巴尔。”

看来我运气不错。

“你想要什么？”老人再次问我。

“那么，那个传说是真的？原来上帝和神们居住在银河系的边缘。”

“没人会相信存在着一个掌握我们所有人命运的活生生的上帝，这个银河系里只有我们人类，我们的思想和行为，以及一些替我们思考与行动的习惯，神话的原型仅仅来自那些远古的习惯。那不是传说，也没有什么魔法师，那是来自偏远星系的发达科技。”

“哦？我可以了解故事的全过程吗？”

“那是40年前的事情。一个外省人来到这里，他出现的时候身子周围闪耀着光焰，那些电离形成的光焰，还有一把我没见过的武器。他来向我打听一些事情，至于是什么事情，我想我记得不太清楚了，但是我的确帮了他的忙，他把那个闪耀着光焰的腰带送给了我，对了，它现在就挂在你后面的墙上。”

我立马回头，墙上挂着一副特别的防具：“您是说这个？”

“是的。”

“我能取下来看看吗？”

“噢，当然可以。”

我起身过去拿下来，防具相当沉重，外表看上去崭新，坚不可摧，除了中间的那个按钮外找不到任何缝隙。

“这就是40年前那个魔法师给你的礼物？”

“不是什么魔法师，没有魔法师。”

“那么，它能产生光焰？”

“是的，产生的电离能够吸收武器攻击的能量，它是个人护盾。但很可惜它在那个人离开后没几天就停止工作了。我研究了它30年，除了肯定它拥有核动力能源外，我几乎无法把它拆开，更无法让它重新运行。”

“核能？”

“嗯，核能，一种清洁高效的能源。”

我反复观察这件防具：“您确定它是核能？没人可以制造出如此精密的核能发动机。”

“所以你称他们为魔法师？”

“既然它不能用了……”

“它就只不过是一件纪念品而已。”老人看起来似乎并不在乎，“它花了我30年的时间而我却一无所获。”

“您是怎么分析它的？”

“任何可用的办法。那时我是这里的贵族，我拥有很多资源，想要分析这样一件物品不是难事。现在我依然是贵族，但，时过境迁……”

“说说那位魔法师吧。”

“他看起来像个士兵，全副武装，声称自己来自边远的银河系。我不知道，但我猜这样的科技应该不会来自那些蛮荒之地。但这里的人一直相信在银河系最遥远的边缘存在着一个科技达到难以想象高度的独立世界，他们的飞船可以达到难以想象的速度。我们无法了解他们是因为他们很少跟其他世界打交道。”

“但他们来找您了。”

“在那之后我又花了近20年的时间寻找那个圣域，我曾派出数十艘飞船去那广袤的空间里搜寻，我也的确发现了一些踪迹。”

“发现了什么？”

“星迹。那时我们发现一些星区凭空出现不同程度的空间扭曲，不久之后又恢复平稳。我们认为那是一种超高速航行留下的痕迹，这种超高速航行的原理也许就是一些物理学家设想出来的曲率驱动——通过拉平附近的空间从而使飞船获得速度。”

“您知道他们是如何实现的吗？”

“我们研究了很久，还为此成立了专门的研究队伍。其中最有说服力的是四维空间理论。这是一个古老的理论，但一直以来我们都没从这个理论上获取些什么。理论认为第四维度就是时间。当你在第四维的高度俯瞰第三维度时，三维空间就像一连串连贯的胶片，可以回放，也可以推进。这个理论认为，从四维高度看，每个时间段里有无数张三维胶片，这些胶片是平行的，也就是我们所设想的平行世界。我们的世界仅仅是这无数平行胶卷中的一张，同样地在下一个时刻也有无数张胶片。设想一下，某位上帝在每一个时刻里随机选择其中的一张胶片，并把这些胶片连贯地拼凑起来，就成了我们这个世界的发展历程。”

我还是第一次听说这种理解世界的方法。“这和他们的星迹有什么关系？”我问。

“如果他们的飞行方式不损耗时间，那么他们就可以自主地从某一张胶片飞向另外一张，只要他们愿意。”

“这么说他们可以自主选择现在？太荒唐了。”

“也许不止是这样，也许他们还可以自主选择未来！银河中心附近的世界有个这样的传说：相传有一门学科叫心灵历史学①，可

①心灵历史学，是在*Foundation*（中文名《基地》）中一门虚构的社会学科，有各种版本的译名，包括心理史学、心理历史学、心灵历史学等。本书采用“心灵历史学”一名。该虚构的学科被认为是用来研究社会事件背后的心理学动机，利用统计学尤其是概率学科来推测事件的发生和影响，从而达到预测未来的目的。

以预测人类社会的发展进程，而这与四维空间的理论不谋而合。”

心灵历史学？又是传说，这偏远的世界真是太荒唐了。也许是老人这些年来研究无果导致他神志不清了。我说：“尊敬的老先生，我们还是谈谈这件神器吧，如果我想买下这副核能防具，我要付给您多少钱？”

欧南·巴尔显得相当愤怒，显然他对我无故打断他的话感到极度不满：“你们这些来自中心世界的人类啊！你们到底还要为这些浅显的利益争夺多久！”

“老先生，请您听我说，我们以及周围的世界都正在失去核能，我此行正是来向您求教关于核能的技术，我们需要核能。”

“核能不是早就遍布整个银河系了吗？”

“不，现在看来地热用起来更方便，事实上很多世界在抵制核能。”

老人惊讶地看着我，然后是无奈地摇头：“没想到这偌大的世界竟然和初出社会的毛头小子一样肆无忌惮，到处尝试，非得到碰了壁，知道错了才去改正。孩子们误入歧途也就算了，伤害不了多少人。可这社会走错了方向，祸害的可是亿万生灵啊！”

“我的雇主正在努力尝试让那些世界恢复核能。”

老人无奈地叹气：“我有一个要求。”

“您请说。”

“在我死之前，告诉我你成功把它打开，还有关于那个魔法师的真正来历。”欧南·巴尔又缓缓地靠在椅子上，看上去，他活不到下一个十年。

我犹豫了一会儿："好的，谢谢您。"然后，我把刚才入境时兑换来的全部斯文纳币放在桌子上，然后拿起那件失灵已久的核能护盾转身离开。

跨出房门，我抬头看着斯文纳晴朗天空中遥相辉映的两轮明月，长舒一口气。他真是个奇怪的老人，他把这个世界看作年轻气盛的孩子，奇怪的比喻。

巴奈德入境大楼某个办公室。

"这是你要的东西。"我把背包放在桌子上。

瑞欧斯立马打开背包，拿起核能护盾："这就是——"

"你要的个人护盾。"

"你怎么拿到的？"

"那张老旧的地图，还有一些钱。"

"看来这不止是传说那么简单。"瑞欧斯把个人护盾装回背包，"还有没有别的信息，关于魔法师的？"

"当地有一个传说，在边远的银河边缘有一个科技发达的独立世界，他们的科技发达到让人难以想象，但几乎不与我们的世界交往。欧南·巴尔坚信它是真的。但他此后都没能再找到他们。"

瑞欧斯频频点头："这些信息对我们非常宝贵。"

"你接下来要怎么做？通过这个重新引入核电站？我怕你永远无法研究透这东西。"

“相信我，方法永远不止一个。”

“要让人们重新接受核能，关键在于普及科技知识。”

“教育是个大问题，有必要与前沿科技挂钩。对了，你帮我解决了一个大问题，这是给你的奖励。”他递给我一张通行证。上面写着：私人停机场三号机坪。

“这是？”

“一艘私人飞船，性能还行。”

私人飞船！我大惊，这位年轻人居然能给出这种酬劳。他递给我通行证：“加满油，你可以到周围的世界逛逛。”

“以后有什么不好公开的任务记得找我！”

“会的！”

我离开办公室，在星潮城找到了城主。

“我完成了瑞欧斯给我的任务。”

“怎么样，他没有为难你吧？”

“当然没有，只是他交给我的任务相当古怪。”

“他向来是个古怪的家伙。”

“还有他给的报酬。”我拿出通行证给城主过目。

“看来你帮了他一个大忙。”

“附近的世界都失去核能了吗？”

“据我所知，这航空港是利用核能运转的，除了这里，我相信附近没有核能了。噢，让我想想，在巴奈德三号星球上应该有一座已经停用了的核电站。”

“核电站？”

“对，人类早期开发巴奈德星系时期建造的，属于民用核设施，几十年前就停用了。那时人类忙着向整个银河系扩张，占领无数可住人的行星世界，显然科技没有跟上人类扩张的脚步，人类去到了更远的地方生根发展，却没能带着科技一起流传。不过每年都会有人去维护它。”

“由谁来维护？”

“川陀派来的技术工人。让我查查。今年的维护人员刚到这里。既然你对核设施那么感兴趣，何不与他们一同去看看？”

“我怎么可以找到他们？”

“他们会乘坐下一班前往三号星球的飞船。”

于是我离开城主办公室。

我准备去查看航班表，看看下一班飞往三号星球的飞船何时起飞。这时，我的电话响了，是瑞欧斯。

“巴奈德三号星球有个废弃的核电站。”

“嗯，城主跟我说过。我打算去那儿看看。”

“那儿出了点麻烦。”

“怎么回事？”

“驻扎在那里的部队说30分钟前电站传出轻微的爆裂声。那里的人不懂如何处理，现在正在等待总部的指令。我希望你现在能前往那里看看发生了什么事。”

“恐怕我帮不了你，我没有处理核事故的任何经验和知识。”

“我只是要你去看看情况，放心，我不会无故派遣人的，你会得到酬劳。”

看来我又有新的任务了，并且报酬一定会很丰富！

我到了私人飞船停靠区，出示个人证件，进入三号停机坪，我的私人飞船就在13号机库里。那是一艘崭新的白色飞船，长度大概15米，外形突兀拉风。动力调控系统和防御系统结合分列在飞船前端的两侧，主控舱被包裹在飞船中心，飞船尾部是巨大的推进器，至于是不是核动力，我看不出来。

我登上飞船，走进驾驶室，驾驶台上的按钮和机件复杂得让人无从入手。我得先学会如何驾驶这艘飞船——这并不困难——驾驶台上有个特别的红球，应该是关于这艘飞船的所有知识库集。我伸手接触红球，然后关于驾驶飞船的所有技能立马输入到我的大脑里，就像当年我在琉璃大学里学习刺客技能一样，我立马学会了如何驾驶这艘飞船了！

四、灾难

“没有哪个人是一座孤岛，自身就已经完整；每个人都是构成大陆的一块，是江洋的一部分；任何人的死亡都会将我们消减，因为我是人类的一员。因此不必差人去打听丧钟为谁而鸣，它，为你而鸣。”

——（英）约翰·多恩

我还在船舱里研究飞船内的结构与配置时，瑞欧斯再次联系我："我们的人无法控制那个核电站，它发生了爆炸，你最好现在就去看看。"

"爆炸?！"

"是的。"

"叫所有人马上离开电站！越远越好！"我立刻离开停机坪，到航空港候机区。

我随便找了个空港工作人员："请问前往巴奈德三号星球的候机室怎么走？"

然后我朝候机室方向走去。

"请问是否有两个来自川陀的人在此等候前往巴奈德三号星球的乘客？"

"是的，他们已经到了。在此候机。"

"我是他们的朋友，他们忘了一些非常重要的行李。我可以进去给他们吗？"

"可以。"工作人员非常热情地答应。

我找到他们，此时他们正坐在一起闲聊。

我走到他们面前："打扰了，你们是前往巴奈德三号星球对核电站进行例行检查的工作人员吗？"

"是的。"

我拿出导航仪，把刚才的图像转为全息立体展示给他们看："这是巴奈德政府发来的最新图像，核电站出事了。"

两人表情震惊，其中一位立刻联系他们在当地的联络员，但没拨通。

“政府已经下令疏散那里的居民。可能你的联络员已经离开了。”

“到达目的地要四个小时的时间，去到核电站至少还得一个小时。我们该怎么办？”

“我借了一艘飞船，在三号停机坪，我可以送你们去。”

“可我们还带有仪器。”

“在哪？”

“应该在托运室。”

我打电话给瑞欧斯，告诉他我找到了那两个技术工人，叫他想办法把仪器弄到我飞船上，还有为我的飞船办理升空手续。

“联系上了，核电站确实出事了。”其中一个技术工人说。

“情况怎样？”

“很严重，估计可能发生泄漏了。”

“你们的联络员不知道？”

“他只是个当地人，不懂核电站操作，甚至不懂物理化学。”

“我的天，你们怎么敢请这种人当联络员！”

“没人愿意留在这偏远的地方，我们也没办法。”

“我们现在就走！”于是三人立马离开候机室，前往三号停机坪。

“你是什么人？”

“政府的跑腿。”

“我叫杰森，他是我的弟弟大卫，很高兴认识你。”

“最好能在一小时内赶到现场。”大卫说。

“不，30分钟！”我说。

来到停机坪的时候，飞船的离境手续已经办好，他们的仪器也运到了飞船上。

“你这飞船，应该是帝都区制造的吧？”

“我说不清。”

“外围世界没有这种高科技。”

杰森和大卫在船舱内架设仪器，准备防护服。

“爆炸的区域不在中心控制区。”大卫一边联系他们的联络员，一边跟我们说。

“各位乘客，请系好你们的安全带，飞船马上就要起飞了！”我拿起通话机，

30分钟后，我的飞船悬浮在这个被停用了的海边大型核电站上空，在我视线左边的点缀一角已经浓烟滚滚。

“爆炸发生区是三号机组。”

“辐射水平没有超标，”杰森看着扫描仪，“核反应堆应该还安全。”

“你们要怎么进去？”

“停在正门，那儿，”大卫指着前方一处相对空旷的地面，“那是中心控制区的入口。”

“防护服最多只能撑10分钟，你在这飞船里也挨不过半个小时。”杰森穿起防护服，“所以，如果扫描仪真的发出警报，10分钟后我们还没出来，你就赶紧跑，别管我们！”

我放下他们，悬浮在低矮的上空等待。

15分钟过去了，仍不见他俩的踪影，突然间，左侧原本浓烟冒出的地方再次传来爆炸声，然后，我身后的辐射扫描仪发出急促的警报声——出事了！

再等10分钟！我对自己说，必须等到他俩出来！

第9分钟，我的飞船自动防护系统已经开始提示离开。就在此时，两个穿着防护服的人影出现在控制中心出口，我随即降落飞船。

第10分钟，起飞离开。

两人经过严格清洗后回到船舱。

“看起来情况很不妙。”我说。

“一号机组发生了爆炸，好在注水系统没出问题，我们切断了其他机组的线路，不知道能维持多久，那里核泄漏，需要机器人进入作业才行。”

我告诉瑞欧斯我们已经暂时控制了局势，但情况相对不妙，要马上派机器人来搞定一号机组。他告诉我居民仍在疏散当中，有人已经对辐射发生身体反应了。

“现在怎么办？”

“当然是去救人了！”

“你把飞船停在附近，我俩去把他们带上来，我们没有多余的防护服了。”

飞船停在离人群不远的地方，我在降落后做的第一件事就是搜索最近的医院。然后联系医院，告诉他们将会有很多受到辐射污染的居民被送过去。

透过前窗，我看见三三两两的逃离者连跑带爬向着飞船赶过来，杰森和大卫在较近的地方帮助他们。把附近的十来个逃离者送进飞船后，杰森在外面拼命抬手示意我起飞，隔着厚厚的玻璃，我指着远处大声喊：“那儿还有人！”

“他们怎么办？”我问大卫。

他上气不接下气：“只有祈祷了。”

“难道扔下他们不管吗？”

“你得先把这15个人送去医院，否则他们也撑不了多久。”

“好吧。”我启动飞船掉头离开，此时雷达上前方出现数十个亮点，外面十来架直升机正赶往核电站。

“救援队来了！太好了！”我们这才舒了一口气。

飞船高速平稳地飞行，目标是最近的医院。“他们怎样了？”我询问道。

“杰森正为他们做临时处理。”

这时大卫走进飞船的控制舱：“很糟糕，他们需要马上治疗。”

我稍稍提高飞行速度：“你俩呢，你们也暴露在辐射中很长时间？”

“我看我们也得进行治疗了。”

“我得重新考虑是否再继续做下去，辐射太可怕了。”

这样的核泄漏可能是一场悲剧，会死很多人，季风和洋流会把被污染的空气和海水带向世界各地，它成了所有人的灾难。

“我猜这一带的盐价将会上涨。”

“盐价？为什么？”

“人们会认为这一区的海水被污染了，无污染的食盐就供不应求，商人会趁机大赚一把。”

“灾难当头，还互相残杀，这绝对是一种无耻的行为！好在我没生活在这偏远的地方。”

“该枪毙那些商人！”

五、巴奈德的首相

巴奈德航空港。

我走进办公室时，瑞欧斯正在焦急地踱着步子，一看见我开门便立马迎上来：“情况如何？”

“飞船上的伤员都已经送往医院治疗了，杰森和大卫也留在医院做进一步观察，其他的都如你所见。”

瑞欧斯松了口气：“差点就酿成惨剧。”

“若不是那两名来自川陀的技术工人，可能整个电站都会熔毁，是他们把电站控制住的。”

“等他们出院后，把他俩带到我这儿来，我要犒劳他们。”

“这是必须的，那然后呢，核电站怎么办，拆了？”

“不，绝不，我打算重建它！”

“也许没人会支持你，它差点毁掉半个星球。”

“也许而已，但如果让它拆了，以后就更没机会重建。如果连核能都没有，这偌大的巴奈德还会有什么未来？别把我当成你在报纸上报道的官员，他们只在乎钱，只在乎自己。但我希望巴奈德能像银河中心的世界一样繁荣。那不是口上说两句就能成事的，我们必须做出实际行动！”

似乎突然明白了些什么，这难道就是所谓的宏大场景？就是我身在其中的社会整体和它的发展趋势？只有看清全景的人才不容易迷失，我明白了为什么人会那么容易迷失，这可是要站在多高的位置上才能看清的景象啊！

“我必须用好那两个技术工人。我还得麻烦你帮我做一件事。”

“什么事？”

“相传在这银河的中心，在帝国首都那里流传着一门治国之道。”

我几乎是瞪大眼睛看着他：“心灵历史学？”

“你怎么知道？”

难道欧南·巴尔说的全是真的！“但那只是传说。”

“不，那不是，否则没人能把这2500万人居住的世界管理得有条不紊，我需要那门治国之道。为了巴奈德，为了我们每一个人！”

这可把我难倒了，我不知道是否该答应他，我不是不想帮助他，而是不知道该如何入手。

“如果你帮我，”瑞欧斯见我迟疑不定，凑到我跟前，低声说，“我会告诉你关于那个陌生人的事情。”

我愣住：“你怎么知道我要找他？”

他走到我跟前，低声说：“因为我也曾寻找过这个人，当我见到他时，他说其实我并非在找他，而是在寻找一个答案。”

“琉璃城的毁灭？”

“我相信答案就在心灵历史学之中！”

我在航空港做了短暂的停留，主要是把两名技术工人送往巴奈德。在航空港他们受到了英雄般的欢迎，他们几乎救了半个星球的居民。而我只能躲在拐角，瑞欧斯不许我如此高光，我还要完成接下来的任务——带回治国之道心灵历史学。

我面朝舷窗外稀疏的巴奈德星空沉思。我们都在寻找同一个人，我们都在寻找同一个答案，他要解决的是巴奈德的未来，而我要阻止琉璃城的毁灭。心灵历史学——我相信这个世界上一定有答案。

“那个瑞欧斯到底是什么来头？”我直截了当地询问城主。

“莫非你不知道？”

我摇头。

“我的天，他可是当今巴奈德的首相啊！”

“首相？！”

“原来你还真的不知道，你不是跟他见过几次面了吗？也难怪，你到巴奈德的时间不长。”

“他很在乎巴奈德的发展。”

“嗯，他新上任不久，活力十足，比起前两任首相，他要好上几十倍。巴奈德是个新兴世界，需要像他那样有活力的年轻人。”

“他是个很实在的人，所做的事情都是为了巴奈德的发展。”

“哦，他给了你新的任务？”

“是的，他要我去帝都。”

“去川陀？去那儿干什么？”

“去找心灵历史学。”

“什么学？”

“心灵历史学，一门传说中的治国之道，难道你没听说过？”

“你确定是心灵历史学？”

“是的，怎么了？”

城主拿出一个黑色的小球体：“我认识川陀大学的校长，他曾跟我说，如果我遇到知道心灵历史学的人，请把他带到川陀大学！”

看来真是柳暗花明又一村，我还想着会像无头苍蝇一样要在川陀混上好一段时间。我接过黑色小球。

“他说给你多少酬劳？”

“没有。”

“我的天，去川陀可是件相当折腾人的事情，没酬劳可不行，你答应他了？”

“是的。”当你站在首相位置上看这社会的全景时你就知道，这个世界需要改变，有些事情必须从我做起，否则这个世界没有未来。

第五章　手心上的未来

一、初到川陀

川陀——城市化的极限

川陀：

作为绵延数百代的银河帝国政府的中心——事实上也位于银河中心附近的区域，周围都是人口最集中、工业最发达的行星系统——川陀自然而然地也成为了人类有史以来最稠密、最富庶的人口集中地。

它的城市化进程一往无前，终于达到了极致。整个750万平方英里的陆地变成了一个城市，人口最多的时候远远超过了400亿。这么多的人口，几乎全都投入到帝国必需的行政管理工作中。

每天都有数以万计的飞船起起落落，从20个农业星球带来无数农产品，送到川陀人的餐桌上……

——《银河百科全书》，选自《基地》，艾萨克·阿西莫夫著第一次看见川陀的太阳时，我乘坐的飞船还穿行在川陀行星系的外围。那时的川陀太阳只不过是一个炽白耀眼的斑点，几乎埋没在成千上万的星点当中，如果没有星旅导游的指点，根本就认不出来。从银河地图上看，这里已经靠近银河中心了，恒星分布相当密集。

在每经历一次短程跃迁之后，川陀的太阳就会变得更亮一些，当距离变得足够近时，它的光芒淹没了其他所有的恒星。

“观光室在接下来的航程里将关闭，请各位乘客准备登陆吧。”导游说。飞船将是在向阳的一面盘旋下降，裸露在阳光下将会被灼瞎、烧伤，被辐射弄得体无完肤。

飞船在嘈杂声中降落，飞船的人工重力场在过去几个小时里渐渐被行星的重力取代，乘客渐渐有了固定的方向感。下机，经过各种检验关口，我才算是真正到达了川陀。

这就是川陀。

和巴奈德相比，这儿的空气似乎更浓稠些，重力更大一些。

前往川陀大学的专线公交车在宽敞的路面缓慢移动。这条单向16车道的公路上挤满了车辆，它们在交通指示灯的指引下有序地行驶。这就是一个拥有400亿人口的帝都行星，这种场景着实让人窒息。

看着车窗外拥挤的路面，听着急促的鸣笛，还有人们争分夺秒的脚步，我突然发现这个庞大的城市竟然没有灵魂。这是一个等待着被拯救的世界，它在等待上帝来重塑一切被机械化的信仰。

我花了近一个小时才到达川陀大学。我按照地址找到了校长办公室。

办公室的门敞着，一位中年男子正在整理文案。我礼貌地敲了敲门，男子看着我，竟像是见到久未相见的熟人一样，他立马放下手中的文件，朝我走来，“你好，杰洛士，你来了！”说着热切地和我握手，“我叫陈兴，是川陀大学的校长。”

我有些受宠若惊，拿出城主交给我的小圆球递给校长：“是城主告诉我来找您。”

校长接过小圆球：“我和他算是莫逆之交，他一直在帮助我，不计任何回报。”

“城主告诉我，我可以向您咨询心灵历史学？”我直接问。

陈兴校长点头说：“我们去图书馆，边走边说。”于是我们离开办公室。

“你觉得瑞欧斯是个怎样的人？”陈兴校长问我。

“他可以带领巴奈德走上强盛之路。”我说。

“你了解他多少？包括他的性格，他的社交圈子，还有他的能力与理想？”

“我与他有过几次交谈，他是巴奈德的首相，至于其他的，我不太了解。”

“那你怎么知道他就能引领巴奈德？”

“我和他交流过，感觉他就是那个人。”

“直觉？”

我点头："嗯，直觉。"

"那么其实你并不了解他，而仅凭直觉来判断。如果他不是你想象中的那种人呢？如果他只是为了得到心灵历史学而诱使你来呢？我并不是在批评或者不信任瑞欧斯。我是说假使直觉就能够判断真伪对错，那么就没必要存在心灵历史学了。"

我明白单凭直觉远远不够，但我不知道该怎么做。

"当你分析一件事物或者一个人，你必须考虑足够多的影响因素。人们很容易犯一种错误，那就是不假思索而认为理所当然。比如幻世在处理游戏沉迷问题时，以为只要限制游戏时间就能解决沉迷问题，但事实上并非如此。如果玩家主动放弃现实而全盘接受虚拟世界会怎样？"

我知道他的意思，他说的就是那时的我。那时我真的把云霓朱苑当成是我的家，把幻世当作了我的世界。

"我相信大部分玩家都会有想留下的念头。琉璃城的完美让人无法抗拒。那高大的建筑，先进的技术，没有抢劫盗窃，一切都有条不紊地运作，那是所有人都向往的生活之地。那儿还有天空之城、炼狱荒原，人们可以做现实中无法做到的事情，拥有现实中相对缺失的元素。而当一切变得美好，人们就会不自觉地放弃破碎的现实，只是人的心灵依旧属于现实中那个残缺的自我，无论在哪里他们都依旧缺少许多。"

"原来是我们的完美主义害了我们自己。"

"向往美好的生活是一件好事，只是人的行为是个随机变量，我们因此没能把握好正确的方向。但你是个与众不同的孩子，你有天分看清那些现象背后的本质，我想瑞欧斯没有选错人，你能为他带回他梦寐以求的宝典！”

我惊讶，我竟有能力看清这些？

“其实我们之前见过面。”陈兴校长突然说，“在琉璃城的一家酒吧，也许你已经忘了。”

我才记起来，那天我告诉琉璃我推测的琉璃城的未来，他就是那个拾起图纸的中年人。他竟然是川陀大学的校长！

“如果我没猜错的话，当时的那个女孩应该就是琉璃城的城主吧。”

“是的，是她。”我说。

“你的分析图给我深刻的印象，你在推测琉璃城的未来！”

“不，不，我哪有那么大本事，我只是在尝试通过各种因素的相互影响来猜测琉璃城的未来。”

“你的推断结果……”

“幻世的发展会背离琉璃的本愿。琉璃希望能保持琉璃城乌托邦的特性。她不希望引入金钱交易，但后来因为缺少交易而导致物品堆积和浪费而引发管理上的问题，然后交易被迫开放。结果是琉璃城不可能成为乌托邦，它最终只会沦为一个人们赚钱的工具。现在看来这显而易见。”

“嗯，但很少人能在事先做出正确的分析。我猜你的推测有许多地方也是凭借直觉吧。我相信你能在这里学到一些新的技术，把你的直觉量化成数据，让你更好地把握它们！”

“心灵历史学？”

“有一种这样的说法：它认为我们无法估计气体中每个分子的运动路径，但我们却能计算出整体是膨胀还是收缩。我的意思是：如果可以把整个人类社会看作是一团气体，那么我们每个人就是一个分子，虽然个人的命运无法预测，但如果人口数量足够多时，历史方向就可以预测！”陈兴校长停了停，继续说，“在整个人类社会中，人的行为是一个随机变量，就像气体分子一样，因而由人组成的社会的发展方向的可能性也有无限多种，只是很少有人会注意到这些可能性并计算它们的概率。人们一般会认为直觉就能够应付生活。可我们总不能忽略那些事件的前因后果而盲目地活着。你必须看到未来！它会给你指引，让你看清楚现在的意义。而此刻、当下，就是转变成未来的时间，我们能用来检验现实正确与否的，是现在与不久的将来！”

现在、过去、将来，他的用词相当宏大。这就是心灵历史学？我在怀疑一个连现在的自己都无法把握的我是否真的能学会这门学科。

“我们将会在川陀大学图书馆进行一次完整的心灵历史学模拟分析。你会领略到它神奇的精髓。”

“我们？”

“是的，还有另外两名志同道合者。”

我跟随陈兴校长走进图书馆。馆内导航图标注着图书馆三楼是心灵历史学专区。陈兴校长介绍说："为了便于查阅资料，几年前我们把心灵历史学整个研究项目搬进图书馆里。"

电梯在三楼停下，我们来到心灵历史学分析室。分析室门前有两人在等候。

"不好意思，我们来晚了。"陈兴校长对两人说，"你们三个将一起参加接下来的心灵历史学分析。"

"柯特！"我才发现其中一人竟是柯特。

"你怎么会在这里？我还以为你不会再来这里了。"

"我原本也以为自己不会再来了，但没想到幻世会开放星空篇章，我忍不住就过来看看了。"

"噢，原来你俩认识。"

"是的，之前我们一起参加过《幻世》的封闭测试。"

"你俩真是有缘啊。"陈兴校长笑着说。

"嗯，见到你真让人意外。"柯特用手搭着我的肩头。他脸上明显的络腮胡子、他的脸型和他的眼神让我想起了他现实中的模样："我们也有大半年没见过面了。"

"是啊，大半年了，时间过得真快。"

"你是怎么知道星潮城的？"

"平时工作实在太忙，闲暇时还要顾着家里，但第一次测试给我的印象实在是太深刻了，所以我也会经常留意幻世的动态。这不，新游戏居然开放了星空，我这个曾经的《星际家园》玩家说什么也得来看看才行啊！"

“你变年轻了。”我感觉柯特说话比以前有活力多了。

“在这里我们都年轻！”柯特开心地笑了，“对了，这位是安德森教授，他正在研究一个数学模型，正好这次任务可以给他的工作提供一些帮助。”

“请多指教。”安德森教授身着正式的西装，手里拿着文件夹，给人很专业很重视的感觉。反观我两手空空，一身半休闲服，应该是来打酱油的。

“心灵历史学，”柯特很严肃地说出这个词，“除了斯文纳那个老头说它是银河中心附近一个可以推测未来的传说之外，你们还知道什么？”

“还有陈兴校长告诉我的，它是在这儿诞生的！”

“它真的那么神奇？它真的能推测人类历史的进程吗？”我们看着陈兴校长。

“我会带你们了解更多！”陈兴校长带我们走进分析室。

分析室不大，办公桌上堆叠着书籍与文件，左侧的墙壁上贴着各种分析数据。右边则是一排靠墙的书柜。

陈兴校长介绍说：“这个项目细分为很多个研究小组，每个小组都有自己的研究范围，他们会按规定上交研究报告，最后汇总起来进一步统筹分析。我们会对一些重要的因素进行解析，这就需要用到专门的分析系统。”

摆设在正中央的仪器就是“心灵历史学分析系统”。它由录入操作区、分析区以及输出表达区三部分组成。操作员在录入操作区录入相关的数据；分析区则包含大量的分析规则与数学公式，当我们把数据录入之后，分析程序就会对数据进行分析；在分析完成后，分析结果会以各种方式在输出表达区显示出来。

“在所有工作开始之前，我想我们有必要先了解什么是心灵历史学家。”陈兴校长操作分析仪器。在显示区上跳出一段全息影像：

> 心灵历史学家，是一个了解社会的自然演化进程与发展目标，并对发展之中的社会施以一系列特定的刺激，引导社会向着当前情况下最正确的方向发展的一个群体。他们从不露面，却积极地为社会发展做出巨大的贡献，至于他们的工作地点众说纷纭，有的人认为他们在偏僻的银河系边缘，而有些人则不那么认为……

“他们为什么要隐藏得如此深？”安德森问。

“心灵历史学家研究的是未来社会发展的进程。就是说我们知道这个社会可能会变成怎样，但是我们必须对这些信息保密。因为如果这些信息被人们知道，那么他们引导社会趋势就有可能失败。因为人们如果知道了真相，那么他们的行动自由就会大大扩展，随之增加的变量就会超出心灵历史学家能够处理的范围。因此心灵历史学家会想尽办法让自己隐藏起来。但这并不意味着他们只会随便找个藏身之所。恰恰相反，心灵历史学家对自己的工作地点选址有着苛刻的要求，那里必须要有最先进的科技、最丰富的资源、最齐全最完整的知识资料，还要有最优秀的人才。因为只有控制了这些资源，心灵历史学家才能进行他们宏大的工作。”

二、心灵历史学

也许我们最早接触的假设是小学数学证明题里给出的条件，然后随着我们接触的事物不断增多。假设是一种理论边界，限制我们思考的范围，假设也是一种行为约束，它能相当理性地告诉我们哪些不该考虑，哪些我们暂时无法做到。

任何一个理论都必须要有前提，因为不存在一个完美的模型。即使人类遍布整个银河系，研究心灵历史学也必须有它的假设：比如人口基数足够大，个体行为必须是无规律的，人们并不知道心灵历史学这样一门学科真的存在等等。

而现在，要研究单一的巴奈德世界，必要的假设将会更多……我们首先要考虑的是整个银河系的局势。人类的星际战争刚结束不久，现在整个银河系都处在复苏与发展阶段，再次爆发战争的可能性很小。如果不幸发生战争，那么对于巴奈德的发展将是灾难性的。因为巴奈德是个新兴的世界，有人居住的行星屈指可数，并且这里地处偏远，势力薄弱。巴奈德很可能会在战争中被毁灭。这样对巴奈德世界的心灵历史学分析就没有意义了。

其次，我们同样需要防范一些可能发生的自然灾害：比如在人口聚集的星球上发生陨石碰撞、太阳风暴、可怕的传染病，或者是毁灭性的大地震。巴奈德是个移民新世界，到目前为止，一直缺乏许多基础技术。这些自然灾难的防范其实并不难，人类已经拥有了那些防范太阳风暴，监控陨石运行轨迹的科技，只要我们获得这些技术并使用，巴奈德世界就能被很好地保护起来。但如果因为疏忽而导致这些事件发生，那么这些都将是灭族的灾难。现实不是电影拍摄，人类不会每次都能侥幸用核弹轰掉陨石，找到治疗传染病的血清，躲过改变陆地轮廓的大地震。因此我们必须保证这些灾难事件不会发生。

另一个必要的假设是心灵历史学家有能力动用巴奈德的一切资源。因为只有这样，我们才能撼动巴奈德社会向前发展的趋势。我想到"政府"这个词，因为只有政府才有如此大的能耐。这又让我想到了瑞欧斯，他可是巴奈德的首相，怪不得他想得到心灵历史学这套秘方，他真的有可能通过这门神秘的学科让他的世界强盛起来。

巴奈德是个与众不同的世界。那时人类的足迹只局限在银河系的中心地带。战争的爆发导致难民逃到这里，是躲避战火的人们开创了巴奈德的历史。因此它有着与众不同的发展历史。而来自各个不同星区的人们组成的巴奈德人更是有着自身独特的文化与信仰。而偏远的地理位置又阻碍了这里与中心地区的交流，致使这里科学与技术的相对落后……

"瑞欧斯想要可以让巴奈德繁荣昌盛的治国之道，那么我们现在就为他量身定制这治国之道！"

"我们？"我们惊讶地面面相觑，"这怎么可能？"

“也许你不能马上成为一名出色的军师，但必须先饱览兵书，熟悉用兵之道。”陈兴校长从文件箱里拿出一个数据存储器，接入分析系统，“要把握一个社会的发展方向，理论上应该先要收集关于这个社会的所有资料，包括这个社会的历史、经济、宗教、科技、人口及分布等每个方面的信息，同时还要特别注意一些影响力较大的单一事件和单一人物。当前社会的所有因素是促成未来的基础，因此只有考虑的因素更多，对未来的推测才能更精确。”

“所有的数据？我们怎么去收集？这，应该要花上好些时间吧？”要组建如此庞大的数据网，总感觉有点荒唐。

“如果预测未来是一件轻而易举的事情，那么未来就不是那么重要了，瑞欧斯也不需要你的帮助了。不过你们很幸运，数据已经为你们准备好了。为了简化分析，我们把数据收集范围缩小为巴奈德行星系。”陈兴校长开始导入数据。从显示区可以清楚地看到数据输入的进程——竟是上亿兆的数据信息！

“天啊，这要花多少时间才能整理出来啊！”

“我们会分派最优秀的学者负责他最擅长的领域，同时他们还必须相当了解其他领域，这样他们会在综合分析时给出更精确的结果。”

“你擅长哪个领域？”柯特问我。

“经济学，”我说，“但显然我远没有达到那种层次，”我看着显示区上数据录入的条目和明细，“要学那么多知识实在有些可怕。”

“或许你可以换一种心态。”陈兴校长说。

“或许现在为时已晚了。”我无奈地摇摇头。

“我们不妨来讨论一下巴奈德的未来会怎样。”陈兴校长言归正题，“瑞欧斯的目标是巴奈德繁荣昌盛，巴奈德真的会按照他所想的那样发展下去吗？”

“那估计只有最了解巴奈德的人才清楚了。”我说。

“瑞欧斯？”

“不，应该是心灵历史学家。”安德森博士更正，“瑞欧斯没能力收集到这么多的资料，即使他本人是巴奈德的首相。”

“现在我们就是心灵历史学家！”陈兴校长说，“说说巴奈德的未来，你们不是都憧憬未来吗？”陈兴校长把数据导入，转入后台工作。显示区上的全息影像系统被打开，影像区边缘出现几个小光点。凑过去看清楚才发现这些光点原来是被缩小的独立影像。陈兴校长轻轻拿起其中一个悬浮的光点，把它推向全息影像区的中央。光点悬空划过去，在中央被撞碎开来，碎光四向溅开，打在分析室的四壁，把整个分析室都变成全息场景，我们身处影像之中。

四周是一片看不到岸的大海，我们竟站在一艘破烂的航母的跑道上。不远处的海面几头鲸鱼浮出海面呼吸。

“这，这是未来水世界！”

我正想走近点观看，柯特拉住我：“这是虚拟景象，我们在分析室里。”

一段记录显示在全息影像中：巴奈德历史上有过好几次大地

震，最近的一次发生在第一批移民在此定居后不久。根据相关记录，那次地震震级高达9.7级，不过由于当时人烟稀少，对移民区没有造成很大的破坏。

“这里的环巴斯蒂海地震带一直不太稳定，小地震频繁发生，如果不加以控制，强烈的地壳运动很可能会引发灾难性的后果。”

“我们可以控制地震？”柯特惊讶地问。

“这套技术已经应用在那些中心世界了，并且效果相当好，”安德森博士说，“我们得引入这套技术。”

随后陈兴校长把另一个光点推向全息影像中心，四周的景象从无边的大海变成了阳光下藤蔓丛生残垣断壁的无人城市。

“这是在本地资源耗尽之后，如果附近的太空资源无法以较低成本提供给巴奈德的话，人们可能考虑离开这里，前往巴奈德四号星球或者五号星球。”

“在一个蛮荒星球重新开始？那势必会消耗更多的人力物力，并且要很长一段时间才能发展起来，巴奈德的繁荣昌盛就别想了。”安德森博士对巴奈德的了解果然很全面。

“还有一种可能，内战，”陈兴校长把另一个光点推出去，影像成了战火点燃的巴奈德城市，“这关系到巴奈德皇室内部的复杂的关系、兵权、军队，还有民众的情绪。”

“现在巴奈德的高层还算和谐。”

“但如果瑞欧斯的举动损害了其他官员的利益的话，情况可能就复杂了。”我说。

“当然，除了以上这些，巴奈德的未来还有其他可能，事实上巴奈德的未来有无限多种可能。这无限多种未来有一个特性，即对现在而言，我们可以认为所有可能的未来都是平行存在的。这是一个平行世界。”

“什么是平行世界？”安德森一头雾水。

我想起在斯文纳的那个老人提及过这个名词，一个关于边远世界的传说。我刚想说，却被柯特接了话：“平行世界是一种四维理论，第四维度是时间，从四维空间看三维世界会相当混乱，在每一个时间段里会有无数个三维片段，这些片段是相互平行的。”

“挺难理解的。”安德森思考着。

柯特继续解释道：“在同一个时间段中，我们只存在于其中一个片段里，如果我们什么都不做，那么我们将被随机分配到下一个时间段中的其中一个片段。而如果把一系列连续的时间段中的每一个片段相连，就组成了我们这个世界的发展历史。”

我这才明白原来四维空间理论是这样解释世界的：“这么说每一个瞬间都有无限多种可能了？”

“可以这么理解。”

“你从哪儿学到这么多？”我惊讶地问柯特。

“你该多看些书。”柯特得意地说。

“那么如果我们做好充分的准备，我们就能自主选择下一时间段的片段？”安德森很快就理解了这个理论，“巴奈德也可以像川陀一样高度发达？”

陈兴校长把手边最后一个小光点打开，全息影像变成了川陀繁盛的都市场景，不远处飞船升降，车流在指示灯下有序地行驶，人则像蚂蚁一样涌动，像是要淹没这个看不见植被的森林。

“川陀是个典型的例子，它把城市化推向了极限。巴奈德只有130亿人口，目前还有1/5的土地未被完全开发，相对发达的城市区则更小。更何况我们不懂改造沙漠，无法控制地壳运动，我们的土地还需要种植粮食，甚至我们根本没有足够的资源，我们的技术也存在巨大的差距，所以短时间内以川陀为目标几乎不可能。”

陈兴校长再次打开全息系统，此时数据分析的结果显示成一条横着的光线，接着光线被放大并展开，成为一个平面，然后平面被标注的年份分开，一共350年。每个年份的上面和下面以不同的颜色表示各种事件，事件之间又有细线相连，在细线上还标记了各种数学公式。

“这是巴奈德社会自然演进的过程。”校长指着整个分析结果说，“这里包含我们当前所处社会的全部内容，包括知识、文化、社会等人类的方方面面，所有这些都被看成可能影响社会发展的因素，然后这些因素的交互会诱发一些事件或者变化，这些事件和变化很可能在往后的区间里被表示出来，那些被表示的事件和变化，就是我们未来的经历！现有的数据能推测出巴奈德未来350年的变化内容。从图上可以看到，巴奈德的繁荣度会在220年后达到一个新的高度，这个水平下的社会、文化和科技等方面的指标都将达到繁荣的水平，很遗憾瑞欧斯很可能看不到这一天的到来。”

这才是真正的推测图！我看着全息影像上密密麻麻的文字和图解，还有那延伸到未来350年的发展分支，原来那上亿兆的知识信息竟可以融合成这样一幅完美的图案。未来真就存在于当下之中。

“这些是什么意思？”我们指着图上三个红色区域问。

“这三个被称为危机区。在这些区域内很可能发生某些重大的事件，这些重大事件会严重影响社会的发展进程，甚至有可能会把其引导到错误的方向上。”陈兴校长放大其中的一个红色区域，并解释道：“经济基础是社会繁荣的一个重要的指标，在这些经济基础上还有我们人类构建的上层建筑。上层建筑发展的不合理会反过来影响社会的发展，它是引发红色危机区的一个主要的原因，比如第二次危机，如果我们不能正确处理，那么巴奈德有可能会引发内乱。这样的后果就不是220年后繁华的巴奈德了，而是持续10年内战之后漫长的恢复期。”

在第二次危机区后生出的另一条社会的发展方向是关于巴奈德内乱的全过程。

“我们要做的就是正确引导巴奈德的发展方向。”

三、巴奈德第一次危机

从表象上看，社会的发展目标是提高繁荣的程度，这些经济基础所决定的上层建筑也会因此有所改变。所谓上层建筑是指建立在一定经济基础上的社会意识形态以及与之相适应的政治法律制度和设施等的总和。

社会的总体发展不仅要强盛的经济基础，上层建筑的演进同样重要，如果上层建筑的发展不顺，便会反过来影响社会的整体发展。

分析图像上，第一个红色区域覆盖在巴奈德当前时间区间内。而红色区域表示的是社会危机区，很可能引发社会大变动的区域。这将是我们面临的第一次社会危机。而巴奈德正处在危机之中。

“巴奈德看起来挺安全挺和谐的，怎么会有危机呢？”

“当一个社会即将可能发生危机时，其表面也许风平浪静，但内部已经出现了许多难以解决的问题，并且危机发生的因素可能不止一个，其影响往往错综复杂，难以辨别。当所有因素通过各种途径聚积在一起时，就会引发危机事件。如果等到那时候再来处理，恐怕就非常困难了。现在我们得分析一下如何才能防微杜渐。”陈兴校长把红色显示区放大。图像上反映出巴奈德社会上存在的各种问题：社会腐败风气盛行，贫富差距巨大，食品安全问题日益严重……

大量的社会问题被罗列出来，而这其中许多问题在常人眼里已经见怪不怪了。

“处理这其中的单个事件看起来无从入手，我们再把它们细分。”陈兴校长继续放大红色区域内的单个事件。最终分解得到的最小单位是：个人。

“每个事件都是由人来发起的，主动参与人与被动参与人越多则事件越大。如果问题事件过多而难以进行分析，我们不妨从最基本的最小单位下手。”

分析结果的文字表述为：单个个体行为目的杂乱浅显，缺少长远目标。

“人们大都只在乎自己的利益。这种观念常常出现在相对落后的并且正在发展中的社会。在落后的环境中人们生存的目的性强，在乎自身利益是必要的；而当前社会物质水平逐渐提升，居民的各种观念往往会慢于社会的经济发展，生活的目的依旧相对狭隘。这种混乱最危险的地方是：人们缺乏自主判断能力，社会发展因此很容易被引导到错误的方向上。”

“就是说我们要改变巴奈德居民的观念，改变他们的世界观人生观什么的？”我问。

“观念这东西是很难改变的，只能通过教育来慢慢转变了。”柯特说。

“教育是一剂治疗社会的万能药，但必须对症下药。从地区分布来看，巴奈德的经济基础的地区分布差异很大。”陈兴校长继续分析图像，“有些地区的经济状况依然在很低的水平，尤其在巴奈德南方一带，那里大都是贫民区和未被开发的自然区。巴奈德政府每年为南方的贫困地区下拨大量的扶贫款。根据款项使用数据的跟踪回馈，每年的拨款大约只有72%能到达贫困区，乡绅与村委会吞占一部分，剩余的大部分拨款会以现金、生活物资的形式发放到民众手里。当然还会有一些基本建设，包括道路铺设、房屋修建、小型电站等等。但这种扶贫的方法显然无法让该地区脱贫，因为贫穷的不仅是在物质上，也在精神上，并且后者更难以改变。这种扶贫方式会在这一时期被广泛使用。主要是因为巴奈德社会正处在发展中，贫困地区广大，制度本身不完善导致拨款无法被很好运用，以及人们对此不够重视。这种状态会慢慢好转，学校将很快进驻，而在此之前，民间的一些个人扶贫支援将率先做到这些，但效果不会太明显。”

“对于城市区的教育就必须使用别的方法。”陈兴校长调出巴奈德北部的全息影像，“这是巴奈德高教学府区，八年前巴奈德政府专门为建设学校规划了一个区，巴奈德世界所有的高等学校都聚集在学府区内，目的在于为巴奈德培养更多更优秀的人才，提高巴奈德公民的整体水平。我们原本预测在学府区建成之后五至十年内，相关的高科技产业以及相关的大公司会进驻，与高校学子进行直接的联系与交流。但事实上到目前为止，我们还没看到这样的改变，反而先进入学府区的是各种商业娱乐设施，甚至是居民楼也开始在学府区内建起。大量的非学术设施会造成学府区目的性的相对混乱，比如各种商业广告、诈骗，居民房屋的建造、销售与购买，接着是引入以生活为目的的群体。而这又会导致学府区内交通事故发生率大幅上升。”

图像区上显示着最近几年学府区交通事故的统计数据：事故发生次数年年攀升。

“从学府区内部来看，虽然区内集合了整个巴奈德600多所高等学校，整个巴奈德的大学生都在这里学习进修，但学校间毕竟相对独立，教学设施和课程并没有像预想那样被充分使用。另外，教师本身也存在问题，在这里教师仅仅被看作是一种职业，相当多的教师为了拿份工资而工作。学府区的成立是一个相当美好的开始，但距离成功还很远，我们还要付出许多努力。”

“我们要怎么去修正这些不足？”

陈兴校长把调整方案展示给我们：“学府区的建立就是希望能为巴奈德提供尖端人才，这套方案可以帮助学府区更快更高效地达到目的。”

我们仔细看着方案：“这看起来并不难。”

“我们还要制订许多细节，但根据心灵历史学的规定，具体实施步骤是不能公开的。假如人们发现了那些细节，我们的计划就有可能失败，因为如果人们知道了这些真相及细节，那么他们的行动自由就会大大扩展，而随之增加的变量将会超出我们所能处理的范围。”

这就是为什么心灵历史学家要隐藏起来的主要原因。我明白了。

“关于社会腐败、食品安全这一系列社会问题就比较棘手了。巴奈德是个官官相护的世界。处理一件小事很可能会牵涉到一大群人，甚至是巴奈德的高层。因此瑞欧斯若要处理好这些事情，就必须先懂得如何保护自己，在自己的能力尚不足以对抗这些势力的时候，千万不可轻举妄动。我们认为现阶段瑞欧斯可以以发展巴奈德互联网科技为名，加强民众对政府的监督。”

陈兴校长把刚才分析得出的解决办法输入分析系统，调节各类方法的强度指数，再进行分析调整。危机区的红色开始慢慢变淡，并且后面的分析区被稍稍前移。

“这说明我们的处理方案缩短了耗时，让巴奈德更快地进入下一个发展阶段。这看起来效果不错。”陈兴校长满意地说。

全息平台上展示出来的巴奈德未来220年的社会发展进程中，出现在最开始的第一个红色区域因为加入各种刺激因素而消除了许多阻碍，使得巴奈德往后的发展线路前移并产生了细微的调整。而这些，正是心灵历史学对社会发展起到的巨大的推动作用！

四、巴奈德第二次危机

巴奈德的新生代——

他们是远离动荡与漂泊的一代。他们远离战争，淡忘了颠沛流离。他们的生活环境要比他们的上几代人好得多，但比起生活在中心世界的孩子们仍有相当大的差距。

随着星际间信息传输技术的发展与成熟，不同世界间的联系变得更加紧密，巴奈德新生一代开始向往中心世界那样的生活，他们对中心世界的模仿与学习给巴奈德带来更多的活力与创造性。

但社会的发展总不会如此理所应当地顺利，有时候正确的方向同样会遭遇阻碍，比如……

巴奈德第二次社会危机将发生在未来的第五年之后，这片红色危机区域里包含着两个主要的分支，其中一个分支是巴奈德社会正常向着繁荣发展方向的路线，另一个方向则是一段相当长时间的社会动乱。

我们的首要任务是弄清楚在这个时间节点上可能发生的事件，以及促成这些事件的因素和它们之间的关系。

“在分析的时候也许你们会用到一些书籍和资料，图书馆会给你们很大的帮助。”陈兴校长来到分析室内墙书架旁。在书架中间的某个位置按一下按钮，然后书架像门一样从中间打开，另一边竟是一个宏大的藏书大厅。

这就是川陀大学的图书馆！

“最开始这里只是一座普通的大学图书馆，自从我们的研究队伍进驻这里后，图书馆就成了一个信息收集与分析、知识与资料的保存中心了。图书馆一共有30层，按照来自不同世界的顺序存放。这里大部分是纸质书籍，但实际上由存储器保存的资料内容占了85%以上。这些都是心灵历史学家分析整个人类社会并引导其发展的核心与基础，是人类最大的宝藏。”

从我们站着的地方看过去，图书馆里的书架就像多米诺骨牌一样整齐地排列着，而我似乎看不清最远处的书架在哪里——这简直就是一个迷宫阵！

“对了，有件新东西要给你们介绍一下。”陈兴校长把我们领到书架迷阵中间的某个支柱旁，上面有一扇门，门上写着“奇异门”。

“这是场景模拟系统，只要你在门上输入时间地点，或者是相关的事件，打开门后你就会看见这门外的场景就是你想了解的模拟景象。我们在研究中发现，人们在研究一项事物的时候，研究人员身临其境能得到更好的效果，你们不妨也试试。”

“当然还有另一种方式。”陈兴校长接着说，“有些研究员会认为模拟的场景对一个量化的研究体系没有太大的帮助，而实地考察才真实有效。因此有必要的话你们可以回到巴奈德。”说完，校长给了我们每人一个黑色小圆球，“这些小球是信使胶囊，你们可以凭它到川陀大学的航空基地乘坐专机前往。”

“太远了，会耗费很多时间。”

“不会的，那是一条特殊的航道，会让你在很短的时间内到达目的地。它叫‘环银河系急速干线’。”我们回到分析室，陈兴校长在全息平台上调出银河系全景图，一条线路从银河系中心附近以银河平面螺旋状的方式向外延伸出来，掩映在群星之中。

“这是我们在分析星门系统时偶然发现的。我们惊奇地发现除了星门系统之外，银河系内竟然还存在这样一个传输系统。它能让物体通过连续的跃迁而不用耗费时间。这就是连续跃迁通道。你们可以在通道上的指定出口结束旅程。”

“居然有这么神奇的东西！”

“我们还不明白是谁，是通过什么方法建造的，希望以后能解开这个谜。”

这银河之大，真是无奇不有啊！

“资料与信息都交给你们了，至于瑞欧斯能否过得了这次危机，就要看你们的了！”陈兴校长离开分析室，这里剩下我们三个人。

安德森生疏地操作分析仪器，放大分析区域。

出现在这个红色危机区里一些引人注意的社会事件及因素主要有以下这些：

星际间信息传输技术的飞跃发展，“超波中继器”的发明让信息在各个世界间传播成为可能，人们因此可以很方便地就知道来自其他世界的新闻与信息，就像远古时期人们打开电视机那样方便。

巴奈德新生一代的成长同样是这个时代的一大标志，他们对动荡与战争没有太多的概念，他们接受教育，有着强烈的自我优越感，同时又受到来自中心世界那些美好的生活方式的冲击。

巴奈德的统治阶级发展到了一个奇怪的格局，皇室、首相、各大财团撑腰的议会，还有蠢蠢欲动的将军们。相对弱势的皇权，年轻的首相也许将来大有作为却缺乏经验，财团们通过议会制定议案维护自己的利益，统领巴奈德自卫军的将军们则有着微妙的举动。由于巴奈德自身独特的发展历史，自从并入帝国版图之后，巴奈德皇室被作为传统保留下来，作为象征性的皇权；首相管理日常事务，有一定的权力；议会在财团的支持下日益壮大；军队相当复杂，分为多个派系，御林军由皇室统领，首相也有自己的亲信部队，甚至议员们也收买了一些军官。

这种格局引发了许多社会问题，比如统治阶级会相对忽略民生，相关的社会法律无法跟上经济的发展，而会拖累社会的整体趋势。但这些矛盾理论上应该会被社会消化，在社会自然发展的过程中出现社会危机的概率应该相当小。至于统治阶级的矛盾，由于军权的分散，将军们自然不敢贸然发动兵变，皇室依旧掌握着较强的力量，虽然矛盾复杂，但也不至于导致大的动乱。

“我搞不懂，”柯特皱着眉头，绞尽脑汁，“我觉得最可能发生的就是统治阶级内乱，然后军官们打起来。”

“看来巴奈德要毁灭了。”我看着全息影像，透过图像，我看见对面的书柜上刻着的一个标志，那不就是炼狱荒原山崖上那个陌生人衣服上的标志吗？他竟是川陀大学的人！那么把我引导到这里的是他！

柯特和安德森在图书馆里查阅资料，我决定回炼狱荒原，我感觉他会在那里等我。

我身着休闲服装，来到山崖中间那片开阔地，当时我就是在这里遇到那个奇怪的人。而这一次，他竟然在这儿，就像他知道我要来找他一样。

“我们又见面了。”

“我……”

“我知道你有些混乱。那先从最明显的问题说起吧。”

“你不是玩家，是吧？”

“这再明显不过了。”

“如果我没猜错，你来自川陀大学。”

“到目前为止，你都猜对了。”

“既然你是幻世的一分子，那么我猜这个明显的问题是，我凭什么要相信你？”

“答对了！毫无疑问，这是个难题。你不能确定我是不是真的能够帮助你，这是因为我们见面的次数不够多，不能形成相互信任？决定权在于你，你可以相信我跟你说的话，也可以拒绝相信。”

“你为什么会在这里？”

“我想你应该已经知道。”

“但你为什么要引导我们？”

“我们都是来做我们该做的事情，我只对一件事感兴趣：未来！而只有团结一致才能开创未来！”

“你早就知道幻世会毁灭。”

“幻世是个美好的愿望，从来都是。人是个奇怪的物种，他们有着崇高远大而美好的理想，却找各种借口相互推脱，然后，借口变成了对自己的怀疑，最后竟然变成一句话：不可能——把所有的愿望亲手抹掉，然后为了纪念那些被抹杀的理想，人们为它们起了一个美好的名字：乌托邦。哼，真是讽刺！幻世会正常地运转下去，只是下雪了，阳光没以前那么灿烂而已。毁灭的不是幻世，是人的梦想。”

“那么，毁灭的不仅仅是幻世。”我提及第一次见面时他说的话，“巴奈德的第二次社会危机，看起来会有不小的动乱。”

“组成一个世界的最基本元素是个人，所有的个体都会向着对自己有利的方向发展，但不是所有人的利好都是同向的，有些人的利益注定会破坏其他人的发展。‘超波中继器’让满怀憧憬的年轻人看到了更美好的世界，这将促使他们了解整个宇宙。但财团们并不这么认为，他们害怕新的科技与外来事物会破坏他们对巴奈德资源的垄断，他们宁愿巴奈德的公民们对外面的世界一无所知。这就形成了一个强大的对抗力。将军们会利用这个对抗力，并伺机煽动制造动乱来达到他们自己的目的。如果瑞欧斯把握不住各方的力量，他将注定无法看到巴奈德繁华的黎明。”

原来它们之间竟是这种关系！

“一个事件的发生会有许多诱发因素，每个因素的前因后果往往并不一样。你要尽你所能考虑更多。万物相关联，从一个事件看不到这个社会的整个面目，而只会过度地描绘社会的某一个方面——而许多人会误以为那就是社会原本的面目。”

“我知道答案了！”

我回到川陀大学图书馆。

“嘘——”柯特轻轻推开奇异门，从门的那一边探头进来，“这儿可是图书馆，保持安静！”

“你在那干什么？”我推开奇异门，门外竟是一片荒芜的景象，一些大型的机器在荒土平原上作业。

“这是巴奈德最初时期的景象，难民们刚来到这里，用仅有的机器来改造这里的环境。”

“我看不出这和当前巴奈德社会有啥联系。”

“待久了你就有感觉了。校长说得没错，身临其境比看书的感觉好多了。你有什么新发现？”

“我找到问题的关键了。”我把陌生人给我的提示告诉柯特。

“原来是这么理解，我算是长见识了。”

“我发现了一样有趣的东西。你们看，”安德森手捧着笔记本走过来，“我把几个可能的事件挑出来，然后分析它们之间的关联度，可以得出一大串可能的相关事件，然后我一个一个仔细观察，发现这个关联事件。”安德森把笔记本递给我们，“议员可能采取通过相关的法案限制境外消息的传播，他们甚至可以限制巴奈德公民学习相关的知识技术。这样就保护了财团们垄断资源的利益。”

“限制学习知识技术不太可能，但限制消息传播他们完全可以做到。”柯特说。

“我查找了最近所有巴奈德的相关消息，发现有几条网络留言是关于起草一份关于限制巴奈德公民接收境外消息的规定。而这些留言恰巧来自议会！”

“你这是用了什么方法？”我看着安德森的笔记。

“试错，加上一点感觉。”

“既然这样，瑞欧斯就要尽快行动了。”

“没错，如果议会成功通过新的法规，瑞欧斯将会变得更加困难。”

“其实无论议会率先做出何种举动，瑞欧斯都将失去先机而处于不利的形势。”陈兴校长走进分析室，“你们做得相当好！”

五、巴奈德第三次危机

我们不害怕前方的目标，我们会向着目标勇往直前。我们害怕的是，在完成了所有的目标之后，我们应该做些什么……

瑞欧斯在权势争夺战中率先出手，最终控制住了议会。虽然他本人并不喜欢这种做事风格，但为了稳住对自己有利的局势以及考虑到巴奈德长远的发展，他必须这么做。

在瑞欧斯连任首相的10年里，巴奈德世界向着繁荣的方向稳步前行，取得相当显著的成就，他因此获得了继续连任一届的机会，这也是巴奈德有史以来第一位在位15年的首相。他并未因此改变连任法律，而是把所有的精力放在了发展巴奈德上。巴奈德因此迅速成为了银河帝国边缘一颗耀眼的明珠。即使在他卸任之后，巴奈德世界依然朝着繁荣的方向快步前进。

在接下来的45年里，巴奈德发生着翻天覆地的变化。首先最显著的变化是人口，原本只有30亿人的星球在50年后将升至95亿人，其中大部分是周边世界的移民；人口分布也有了巨大的变化，南方地区的城市区迅速发展起来，而未被开发的自然地则成了巴奈德独特的旅游区。

资源在这个时代将扮演一个奇怪的角色，巴奈德的自然资源渐渐枯竭，世界金融市场上的大宗商品以及相关的贵金属的价格产生剧烈的波动。一些能源的替代品会出现在巴奈德的市场上，但随着星际资源开采技术的不断成熟，附近行星上大量的矿产资源被开采并运往巴奈德，巴奈德上的资源供给因此又恢复了正常。同时由于人口的急剧上升，粮食种植已经被移往临近的两个农业星球，它们将负责为巴奈德的居民提供所有基本的粮食、蔬菜水果和肉类。

巴奈德将投入更多的资金研发尖端科技。核能的广泛使用是其中之一，微型核动力产品可能问世，这将包括核能家用电器，甚至核能打火机。巴奈德还将重点研发如何使用直接太阳能。那时候高楼林立的城市将出现细微的变化：高楼外表会覆盖一种特制的纳米材料，能迅速吸收和转化光能，并用于人们的日常生活。这种高科技将大大降低人们的生活成本。

这就是巴奈德50年后的社会景象。

“瑞欧斯如果能看见这样的世界，他肯定会心满意足的。”我说，“他值得为这个结果拼了这50年！”

“避免了内乱，把原本要走220年的繁荣路缩短成50年，这真是一门神奇的学科！”安德森继续在他的笔记本上记录着数据。

“可为什么在这个时间节点上却又会出现一片红色危机区域呢？”柯特不解地问。

“我觉得应该是由于可用的数据不足了，也许是因为现在的数据只能比较准确地推测未来50年的社会趋势，在那之后的预测会失准。你看，往后的推测已经出现了许多预测空洞。”我指着分析图上缺失的部分说。

“我觉得应该是我们完成了巴奈德繁荣的这个目标，而不是可用信息的不足。”安德森有他自己的看法，“你们看，如果巴奈德发生内乱，那么推测的年限可以延至未来220年，并且不会失准，但如果摆脱了内乱，却只能推测未来的50年，这不太合理。”

安德森的说法有他的道理，我们又仔细查看了分析数据。

“你们看这里，”柯特指着其中几行数据说，“巴奈德向其他世界的移民在逐年增加。”

我们调出了相关的数据，发现向外移民的大多数是受过高等教育的公民，并且大都移民到中心世界。

“这就奇怪了，如果巴奈德已经发展成为发达行星系，那么就不应该存在人才的流出。”

“这说明巴奈德与中心世界仍有差距。”

“巴奈德本身的地缘位置也可能有影响吧。”我们各自都说了自己的看法。

“都说得有道理。”陈兴校长相当满意地说，“至于巴奈德的这次危机，我想有人能给你们更详细的解释。”

哈里·谢顿[①]，作为心灵历史学的创始人，他把一生中最宝贵的时光都献给了川陀大学和心灵历史学这门学科。如果你足够幸运，你会在川陀大学的校道上遇见他。倘若他亲自接见某个人，并为其

①哈里·谢顿，*Foundation*（中文名《基地》）中的小说人物，数学博士，“心灵历史学”的创始人。

指点迷津，那么这个人也许有着不小的来头。而这个人就是我。

谢顿博士的办公室比过道明亮许多，窗外的阳光照进来，照在摆满书本的书架和桌椅，谢顿博士坐在办公桌前敲击着键盘。

“你来了，”谢顿博士起身，“进来吧。”

我把门带上，然后走进办公室。谢顿博士身高大约一米八，一头花白的头发，略显瘦弱的脸庞上的双眼炯炯有神。

“陈兴校长说过你的基本情况了，他说你是个不错的小伙子。”谢顿博士满面慈祥，“你悟出了心灵历史学的精髓。说说那件事，如果你不介意的话。办公室里安装了最先进的防窃听设备，我保证我们的谈话不会泄露。”

于是我讲述了之前推测琉璃城发展趋势的经过。

“你猜到了趋势，但那时你不以为然，你知道为什么吗？”谢顿博士问我。

我思考，然后摇摇头。

“你考虑的因素还不够多，还不足以让你下定论，所以你认为事不关己，不以为然。正如巴奈德的第三次社会危机。”

“你的推测中，巴奈德的教育水平不断提高，教育制度不断地改变和完善，虽然改变的速度很慢，但理论上学府区依旧可以培养出大量的人才。而事实并非如此，巴奈德出现严重的人才流失，他们流向了中心世界。由于推测只用到了巴奈德的资料与数据，而没有考虑外界的信息，因此对于这种情况推测就无法继续了。如果我们要知道巴奈德更长远的未来，那么我们要考虑的范围就必须加大。”

“意思是如果要继续准确地推测巴奈德的未来，我们就必须收集其他相关联世界的信息？”

“我们可以先来总结一下巴奈德这50年的发展历程。”谢顿博士把巴奈德的发展分支放大，“随着巴奈德本行星的经济发展和人口增加，资源在不断被耗尽，距巴奈德最近的行星被开发成专门为巴奈德提供事物的农业星球，附近含有大量矿产的行星系被开发，为巴奈德源源不断地提供资源。这是一种典型的发展模式，是人类在开拓银河系中期总结下来的经验，现在称为‘新星际经济学’。”

哈里·谢顿调出了关于“星际经济学”的相关信息：

星际经济学，是一门关于如何解决星际间资源利用问题的社会学科。早期的星际经济学被称为“古典星际经济学”，用于解决星际资源开采与运输的时间与成本问题。那是人类宇航时代的初期，人类仅仅占有少数几个行星系，并且由于技术落后，资源开采的难度相当大，人类一直梦寐以求的无限资源已经很难实现。

后来，随着太空技术的不断进步，资源的开采能力有了大幅提高。同时人们发现，在一个包括数个行星系的星区世界里，人类主要生活在其中几个行星上，并且人口数量巨大。于是人们把农业和工业从这些住人行星上剥离开来，放在周边的行星上发展，于是就有了农业行星和工业行星以及资源行星。而在主行星上人们则负责管理工作以及生活。由于星区世界之间被空旷的宇宙空间隔开，这样星区世界就成了一个“宇宙岛”。而这套理论能很好地处理“岛”内的各种经济问题。后来被称为“新星际经济学”。

这套经济学理论在银河中心的川陀世界得到了完美的应用：近20个农业行星为其提供粮食，整整一个行星状星云为其提供资源。而川陀本身则作为帝国的核心负责日常的管理工作，也是整个帝国的金融中心。

“这套经济学后来被广泛地应用，其他世界根据自己的特殊情况加以完善，于是人类在星河之间慢慢繁荣起来。巴奈德未来的发展也必将用到这门学科。因此我们有必要去其他世界借鉴他们成功的经验，但同时我们也必须看到那些失败的例子。通过众多案例分析我们发现一个特征：在运用新星际经济学时我们不自觉地把每个世界独立研究，主要是因为世界之间的交流较少，在运用经济学时可以忽略。但随着星门被发现，以及超波信息传输技术的发展，行星世界之间的交流变得相当频繁，并且开始相互影响着自身的发展。这说明行星世界本身已经不能再被看作独立的世界。”

“我们要把那些相互关联的世界都考虑进来，这样才能继续研究巴奈德的发展趋势。”

“但预测未来是一件极其严肃的事情，细微的差错也许就会让上百万的人受不必要的苦难。为了推测足够精确，我们必须把整个人类社会都考虑进来！”

“整个人类社会？”那就意味着整个银河帝国。

“包括全人类当前所获得的所有知识和信息，因为也许一件不太引人注意的事情就可能改变世界。”

我能想象一只南美洲亚马逊河流域中的蝴蝶，偶尔扇动几下翅膀，就可以在两周后引起得克萨斯的一场龙卷风。人类社会是一个整体，其包含的所有事物都存在着千丝万缕的关系，一些细微的变动也许就能造成巨大的影响。

“比如只要帝国的舰队大范围转移，各个世界的人们就预期会有战争，然后各个市场的商品价格大涨，离境的航班会被订满……如果我们在处理这些事情的时侯出现细微的差错就很可能导致严重的后果。”

“我明白了。”我说。只是，我对那些规划未来的工程师感到深深的敬佩。他们要了解这世界上所有的人和事，这是一项多么浩瀚的工程啊！原来要撼动未来竟需要付出如此巨大的努力！

六、心灵历史学的意义

作为心灵历史学的总体分析，其最让人着迷之处是，如果我们一直向前分析，不断地调整目标，那么被调整的最后的目标是什么，心灵历史学分析的最终结果又是什么？

就现在的情况来看，我们无法解答这个问题，我们甚至摸不着一点头绪。我们缺乏未来的数据，无法通过物理数学公式推导出来。于是，问题被交给了智者们去处理，它便上升成了一个哲学的问题。一般认为，我们一直追寻的最终目的就是……

投影墙上蛛丝般的分析图像中，巴奈德只是其中一个很小的分支，在这幅分析图像里有上百万条这样的分支。因为这个银河系包含了上百万个有人类居住的行星世界，这些世界之间都存在着或多或少的相互作用，所有的世界都对整个人类帝国的未来产生着微妙的影响。

我看着图像，看着图像上每一个往后推移的预测区间。在每一个区间内，人类社会都将有许多不同选择。在心灵历史学家的帮助下，我们会在每一个区间里选出最优的一个，组成最有利于全人类的发展趋势。这不禁让人好奇：如果我们一直推测下去，不断地加入新的因素，调整目标，那么这个浩大的推测工程最后的结果会是什么？

“这是个有趣的问题，我们从一开始就发现了它，我们讨论了很久，不断尝试各种办法寻找答案。”谢顿博士说。

“我们希望未来的人类银河帝国能一直保持和平的局势发展下去，这样我们才能把更多的资源投入到探索更广阔的银河边缘地区，寻找资源、定位航道、搜寻未知；除了宏观的探索外，我们还要研究微观的生与死，继续寻找人类长生不老的灵药。死亡是个大障碍，短暂的生命加大了我们预测的困难。心灵历史学的推测是一项长期的工程，然而死亡让我们代代分开，我们必须通过不断培养后代来续接这个工程。很久之前我们一度认为纳米技术能无限制地修复肉体器官，让我们一直存活下去。可我们终究没有找到让精神永生的灵药。我们可以活到250岁，但那仍旧不是永生。直到现在我们依然坚信人类能够找到一种适合宇宙大尺度时空的存在方式，彻底改变我们的时空观念。也许在未来的某个时间点上我们能实现星系间的跨越，让人类的足迹遍布整个宇宙！那时候人类对宇宙的理解必然是现在无法想象的。而我们的预测将一步一步到达那样的高度！”

谢顿博士一直向后拖动推测分析图，直到推测失真。

“可惜我们无法在现阶段得到最后的答案，因为要知道这最后的结果，我们就必须获得宇宙中所有的知识，显然我们无法做到。如果真有人知道这条路的尽头是什么，那我们所做的这些心灵历史学分析还有什么意义？我们历尽千辛万苦分析人类未来的每一步，做出的每一个调整，其实都是为了探求最终的结果，而这个探求的过程正是生命在宇宙中所有的意义！”

生命的意义！嗯，一个多么宏大的名字。我们用尽一切去追求的这个目标，听起来很值得。

心灵历史学应用在个体上的分析，曾一度被认为毫无意义。

心灵历史学的分析以个体为基础，预测整个人类社会的发展趋势，个体被定义为无确定方向的因子，个体的行为具有强烈的不确定性，一般认为是情感因素和突发事件所致。因此把个体独立起来进行分析在概率上是没有意义的。（对个体分析）即使列出了所有的可能性和发生概率，其概率也远远超出心灵历史学的可控制范围。

如果你遭遇不测而死亡，或者突发严重的伤病，心灵历史学对你的个体分析就彻底失去了意义。心灵历史学的个体分析法无疑就是一种经过包装的赌博。

即便如此，在早期的心灵历史学分析当中，个体分析的例子却层出不穷。随着研究的深入，人们发现，通过对单个个体的分析，可以深入了解该个体的各种行为习惯、知识层面、性格爱好和心理活动等等。大量的、一定层面的个体分析有助于人们的自我了解，为个体自身的发展提供非常大的帮助。

在这种发展趋势下，心灵历史学个体分析逐渐成为了一门心灵历史学的分支。

原来用上亿兆数据分析推测出来的巴奈德的发展趋势如今在这全图里仅仅占了一条狭长的小分支。我看着这神奇的图像，突然萌生一个想法："谢顿博士，我还有个问题。"

"等等，让我猜猜，"谢顿打断我的问话，"你想知道在这幅包罗万象的图中，个人的行为是否也被包含在其中？"

"你是怎么知道的？"我惊讶地问，"用心灵历史学？"

"在我们坐下来交谈之前，你提出这个问题的概率不超过15%，经过一番交谈之后，这个概率就超过90%。"

"心灵历史学也可以对个人的行为进行预测？"

"理论上这并不可行，虽然人们会认为90%的概率相当大，但对心灵历史学来说，这个概率依旧超出了可控制范围。这就是个人行为的随机性。其中最主要的原因是个人行为会受到情绪的影响。但我们认为对个人行为的预测依然有巨大的意义。比如在分析巴奈德议会的时候，我们不但要知道议会由多少人组成，内部分了多少个利益帮派，尤其要知道是谁掌握着实权，那个人在政治圈内的人脉，还有他的爪牙、他的家庭、他的性格、他处理事情的方式等等，这样我们才能更好地把握他的行动。而所有这些，就是心灵历史学的个体分析。”

“个体分析？”

“是的，理论上它包括个人的性格、情感、习惯、社交以及对事物的认知和理解等等。但即使我们充分地了解了一个人，我们还是无法把握这个人的行动。因为人的情感是一个极其不稳定的因素，不同的情绪会让人对同一件事物有不同的看法，有时候甚至连我们自己也无法感知。所以，很多时候我们会认为这世间万物我们都无法掌控。”

谢顿博士突然问我：“你是否相信命运？”

“不信。”我直截了当地回答。

“为什么不？”

“我相信我能掌握自己的生命。”

“我明白你的意思。可什么是命运？它在哪里？”

“我想那应该是我可以支配的未来。”

“你怎么去支配它，你的未来？”

“心灵历史学？”我肯定这就是答案！银河帝国的发展趋势中包含所有的知识与信息，巴奈德的未来只是其中一小部分，而组成巴奈德的信息资料的正是每一个巴奈德上的居民。因此这浩大的趋势中包含着我们每一个人的未来，既然我们能掌握整个人类的未来，那么我们也将有能力掌握每个人的未来！

“你是否觉得自己有能力掌控这个世界的命运？”

“不，不，”我连道，“我只是个初学者。它太庞大了。”

“但你可以从中学会如何思考。这种思考方式能帮助你更好地理解这个世界，这样，即使你不能掌控世界的趋势，你依然能通过它找到掌控自己的方法。”

“我自己的心灵历史学分析图？”我惊讶地问。

谢顿博士把分析图无限放大，然后，在投影墙上显示出来的，是无数条平行又相交的分支。“这是理论上最小的元素图。个人是社会的组成元素，因此这些最小元素图就是每个人的行为趋势图。但我们不可能对每个人都进行个体分析，因此我们无法完全地细分，而只能考虑一些关键人物的行为趋势。”

这就是个人行为趋势图。我在每一个节点上看出它们其实包含各种不同的选择和方向，而这全部的选择其实就是人的一生。那么这其实就是一个人未来的命运图谱。

“作为心灵历史学的个别分析，其趋势方向必须与总体分析一致。”谢顿博士解释说，“你可以从图像上看到，每个分支就代表一个人生，这个分支所能覆盖的面积就是人一辈子掌握的所有知识和信息。同样地，人们只有掌握更全面更深入的知识才能更好地掌控自己的未来。因此对个体而言，知识、相应的分析能力，以及如何获取信息变得至关重要。除了这些，还有一件事是你必须做的，那就是把你所掌握的一切传给下一代。因为个体生命的短暂，我们无法见证自己做出的许多推测，我们甚至不知道自己下的结论在后人看来是对还是错。而这些都必须由我们的后人去实现与完成。”

“你是说，如果我按照同样的方法对自己进行分析，那我也能这样规划自己的未来？”

“理论上的确如此，但至于你能看得了多远，就要看你的知识覆盖了多宽的领域和你处理事件的能力了。”谢顿博士继续说，“你还必须考虑自身的情绪因素。人都是情感复杂的生物，而许多决定都在一念之间。也许有时候你对一个事件足够了解，但你的情绪会导致你没能选择最佳的答案。”

“我该怎么做？”

“最能了解你的人从来只有你自己，这种自我了解的程度会随着你掌握的知识与信息递增。也许他人会给你一些建议和忠告，但最终做出决策的仍是你自己，你的理性会告诉你如何抉择。每时每刻你都会面对许多种选择，前方有你最期待的人生，也包含你最不希望的经历。暂时的失败只是因为你没有选择最理想的方案，这个时候千万要镇定，因为你必须弄清楚如何才能重回正确的方向。时间才是最值得把握的东西。”

突然之间我仿佛明白了些事理，我对谢顿博士说：“我知道自己该做什么了，我应该——”

“你应该，”谢顿打断我的话，“做你该做的事情。”

我把说到嘴边的话咽了回去。我不能说出来。

“关于这份分析图，还包含着许多精华，比如你可以发现其实每个个体所覆盖的区域都是不完全一样的，这说明每个人对世界的认知都或多或少地有所不同，因为他们所掌握的知识、情绪状态、立场等存在差异。这就很好地解释了矛盾的存在。当你充分了解它，你会更有信心处理好那些个体间的矛盾。再比如，宇宙间包含了无尽的知识与信息，人的大脑根本无法存储如此巨量的内容，更别说分析与处理。所以处理好人工智能是我们必须面对的问题。这幅图包含的远不止这些，你用心理解会发现更多的惊喜！”

我突生奇想：“谢顿博士，您有为自己做过心灵历史学分析吗？”

“那是人们对未知未来固有的冲动，现代科技与知识让未来看似唾手可得，但它却像夜空中的点点繁星远在天边。其实星空并不是你非得到达的目的地，如果它的光芒能照亮无边的黑暗，你同样可以到达美丽的远方。”

“噢，时间不早了。”谢顿博士关闭元光体，办公室恢复了原来的模样，“这儿有个传送点，你可以直接回到琉璃城。我带你过去。”

我走上传送点，回过头准备再次感谢谢顿博士的指引时，他已消失在我身旁，前面走来的房道也一同消失，取而代之的是一片灿烂的星空。

“谢谢你，谢顿博士！”我对着美丽的星辰说。

然后，传送点启动……

七、真实的世界

意识，像是无中生有的灵气冲入我的大脑，脑子仿佛瞬间被塞满了混浊的水汽——阵阵眩晕。慢慢地我才能感觉到自己的身体。

然后，我竭尽全力睁开双眼……

强烈的光线一时间让我无法适应，我下意识地把手挡在眼前，从指缝窥视四周。游戏接入台上的仪器在正常地工作，我的私人物品也完好地摆在桌面上。

我奋力坐起来，摘下头盔，拼命回忆我是什么时候开始进入游戏的，我在这儿躺了多久，但我却怎么也想不起来。

服务员向我走来："先生，请问需要续时吗？"

"不用了，谢谢。"

"好的，这是您的消费单。"服务员递给我一联单子，"请您到前台交费。"服务员转身离开。

我拿着单子，上面写着："套餐3，时长30分钟，未加时，费用80。"

这次游戏时间竟然才30分钟？怎么可能！我拼命回忆刚才发生的事情：我在琉璃城等待星潮的开启，那的确是在30分钟之前；然后我去了航空港，还有航空港下面的巴奈德行星；接着我去了斯文纳寻找核能魔法师，在巴奈德三号行星上目睹巨型核电站的熔毁，驾驶飞船前往银河中心，寻找心灵历史学的踪迹；最后，在川陀大学图书馆里，谢顿博士为我指点迷津。

我竟然在这短短的30分钟经历了这么多事情，真不可思议！以至于在之后的很长一段时间里我都在怀疑这段历程，在那以后的日子里花费大量的时间回忆那次游戏的经历并记录下来。

我回忆在川陀大学图书馆里与安德森博士、柯特两个玩家一起分析巴奈德社会危机的每一个细节，我还记下了陈兴校长的指导与分析。还有那个出现在幻世炼狱荒原的陌生人。说实话，到现在我也搞不清他到底是啥。是玩家，系统程序，荒原里迷途玩家的指路人，还是幻世星潮城的使者？都有可能。最重要的，也是我记得最清楚的，当然是和谢顿博士面对面的交谈，我几乎记得每一句对话。

“心灵历史学。”我在心中不停地重复这个词语。我发现在网络以及许多图书馆里都能找到它的踪迹，它并非空穴来风，这样它成了一位新来的上帝走进我的生活。于是我按照那些记录尝试对自己进行个体分析。

我先要考虑的前提是我必须健康地存在，否则我所有的个体分析就会失去意义，因此我要坚持每天锻炼，注意饮食，保证我有个健康的身体；其次我的人生目标必须与总体目标一致，因此我要不断学习，尽可能掌握更多的信息，让自己的分析图范围覆盖尽可能大的区域，这样会更有利于我把握自己的未来；然后我把自己的各种追求和理想都加入其中，标注出达成这些目标的可能的渠道，以及每种方法可能带来的不同影响。这其中有些理想难以企及，有些则需要付出很大的努力。

当我把各种不同的因素联系在一起时，我得到的就是我自己的心灵历史学分析图。这图并不完善，它还缺少每个事件发生的概率。但对于个体来说概率存在太大的偏差，因为人的情绪，人的七情六欲会扰乱事件的概率。这是个大困难，因为当你面临一些事情时，你不仅要处理好自己的情绪，还要处理好相关人的情绪，但我对这充满信心。当你看清方向，当你看到这些被安排好的未来，而你要做的只是从中做最优选择时，你会加倍努力。

我真希望能再和谢顿面对面地交谈一次，希望他再一次为我指点迷津。还有那个陌生人，到目前为止我只见过他两次，他知道得很多，至少不止与我交谈的那些。我曾因此回去寻找他的踪迹。

山谷的开阔地依旧阴暗，乱石嶙峋枯草朽木，死气沉沉，背景依旧是橘红色的天空。陌生人没有出现。我准备离开的时候，天色稍稍发生了变化。我抬头，山谷之外的背景又是漫天繁星的晴朗夜空，却在下一个眨眼的瞬间又恢复了原来的样子。那么，那个来自川陀的陌生人仍在这里，只是出于某些原因他不愿见我。

我又去了星潮城，城主一见到我就提到瑞欧斯，那个巴奈德的首相。他把杰森和大卫留在了巴奈德，并大肆宣扬核能，鼓动整个世界重新支持核动力。巴奈德三号星球上的核电站得以重新投入使用。现在，它支持着整个星球95%的动力。

看来瑞欧斯真的成功了，他开始把巴奈德引向繁荣与昌盛。这就是心灵历史学的威力！

我还去了斯文纳，那儿仍旧是个边远的世外桃源，似乎这个星河世界里发生的任何事情都与它无关。我没有再遇到欧南·巴尔，他住的房子已人去楼空，邻居说他不久前就离开了，至于去了哪儿，没人知道。我猜也许他本人就是来自边远银河的魔法师，谁知道呢。

离开幻世，我在附近一家茶餐厅稍作休息，整理思绪。“通天塔”外依旧人头涌动，门庭若市，热闹非凡。我看着来往的人流与车辆，在这嘈杂的市井中陷入沉思。其实生活不过就是那些直接和间接与你相关的所有事件的集合，而所谓命运便是这些事件发生的概率。你是否相信命运？如果我相信，我是否愿意接受随机发生的概率？如果我不信，那么我能否将那些飘忽的概率掌控于股掌之间？

在漫无边际的思考中我的思绪不觉走远，我走神了。

“啪！”三本书被甩在桌子上，猛然把我的灵魂拉了回来。我转过头，一位身着白色连衣裙的女子站在我面前，雪白的色泽胜过玉泉河源头不老之泉中哺育的贤者之石。我看着她，看着她无比熟悉的双眼。她轻轻地微笑，然后我也笑了。

“我可以坐下吗？”

“噢，当然。”

桌子上的三本书名叫《基地》系列三部曲——心灵历史学起源的地方。书有些旧，显然已经被翻阅了很多次。看来这个世界上又多了一个相信心灵历史学的疯子。

“你还常来这里？”

“不，在你走后，城里下了雪，我去过一两次。那里发生了一些奇怪的事。”

“幻世里的事情永远都那么奇怪。”

“你呢，”我看着桌上的三本书，“你找到解决问题的方法了吗？”

“我想是的。”

我惊讶地看着她。

“去拯救这个真实的世界！”看来她真的疯了。

我把在星潮城发生的事情告诉琉璃——我依旧这么称呼她。她觉得不可思议。

“它真的能正确引导我们，引导这个世界吗？”

我思考片刻，然后说：“如果正确与错误的概率都是50%，那么就别拘泥于它的对与错。它是个引导者，指引我们走向成功。”